# 成金

NariKin

堀江貴文

徳間書店

# 成金

# 目次

カバーイラスト■佐藤秀峰
ブックデザイン■ナカジマブイチ（BOOLAB.）

# 水溜まりの世界

梅雨時、連日の雨で、小学校の校庭にはテニスコートくらいの水溜まりができる。深くえぐれていた箇所は子どもの長靴に水が入るほどの水深になる。

近くの水路から、その深い水溜まりを沼と勘違いしたカエルがやって来て、盛んに産卵を繰り返す。いつしかそこには無数のおたまじゃくしがうごめくようになる。

雨は降り続ける。

やがてミズカマキリ、ゲンゴロウ、タイコウチ、ミズスマシといった水生昆虫が泳ぎはじめ、おたまじゃくしを捕らえては、体液を吸った。カブトエビやタニシがうねうねと水底を這いずり、浮き草や藻も生えてくる。

大きな水溜まりはひとつの生態系を織りなし、小さな弱肉強食の世界と化すのだ。

梅雨の晴れ間、日射しが容赦なくそそがれると、水溜まりは次第に小さくなっていく。そのまま取り残されれば、おたまじゃくしは水とともに干上がり、黒いシミとなる。

だが、その寸前に再び恵みの雨が降れば、大きな水溜まりに合流できることもある。運悪く干からびるか、運良く生き残るか。

すべては自然のままに。それがこの小さな世界のたった1つのルールだった。

夏休みが近づくころ、太陽と水溜まりの熾烈なデッドヒートは次第に太陽が優勢を誇り、後ろ足が出たばかりのおたまじゃくしの大半は命を失っていく。

すでに水生昆虫は別の狩場へと移動し、激変した環境によって藻や水草は枯れ果て、タニシなどの水生動物も死に絶える。

残されたおたまじゃくしが生き延びる方法は1つだけだ。一刻も早くカエルへと変態し、いずれ消えゆく楽園から抜け出すこと――。前足を生やし、酸素をエラでなく、肺で吸い込むのだ。それができなければ、待っているのは確実な死であった。

梅雨の終わりは激しい雷雨とともにやってくる。再び水で溢れた水溜まりが、強烈な日射しで乾き切るまで、おたまじゃくしの最後のサバイバルは続く。

子どもたちが夏休みまで指折り数えているとき、おたまじゃくしもまた祈り続けている。

なんとかカエルになりたい、と。

水溜まりの観察者は知っている。

夏休みの前日、小さな水溜まりを覗くと、おたまじゃくしが消えていることがある。ついにカエルに変態し、彼らにすればとてつもなく広い隣の田んぼへ辿りついたのだ。彼らは過酷な運命にあらがい、勝利した。

だが、観察者は知っている。

多くの結末はそうでないことを。

ある朝、水溜まりのあった場所で子どもたちが遊んでいる。水溜まりは夜のうちに干上がり、カエルになりそこねたおたまじゃくしの死骸にアリが群がっている。1週間もすると、死骸を栄養にして夏草が墓標のように生える。夏休み明けの校庭掃除で、先生はその草を生徒に引き抜くよう命じる。草の根でえぐれたぶん、水溜まりの底はほんのわずか深くなる。それが来年の命をつなげるわずかな「可能性」になるのかもしれない。

少年は小学校を卒業するまで水溜まりをただ眺めていた。少年はその世界に関与せず、常に冷徹な観察者であろうと努めていた。なぜ、これほどこの小さな世界に惹かれるのか、それは自分でもわからなかった。

卒業式の日、少年は校庭の片隅に足を運んだ。少年にとって惜しむべき別れがあるとすれば、この水溜まりだけだった。

やっと退屈な学校生活から抜け出せる――。

そして少年は悟る。

自分が生きている世界は水溜まりなのだ。

自分はおたまじゃくしなのだ。

水が涸れるまでに抜け出せなければ、ここで朽ち果てる。少年が水溜まりに惹かれていたのは、それが自分の宿命を暗示していたからだった。

見渡せば、校庭で同級生たちが友達や先生との別れに涙を流していた。のどかで安穏としていることだけが取り柄の街で生まれ育ち、ここで生きていくことに何の疑問ももたない人たちが、うわべの別れを嘆いていた。

少年は息苦しさで身悶えする。小さくなった水溜まりで酸欠になったおたまじゃくしのように、何度も口をパクパクと開け、肺に酸素を求めた。

少年は思った。この小学校を抜け出したところで、中学校も高校も、ほんの少し大きな水溜まりにすぎない。いずれ干上がる場所なのだ。

ここではない何処かへ行きたくて、行きたくて、たまらなくなった。

目から涙がこぼれた。

別れを悲しんだのではない。どこにも行けない無力な自分が情けなかったのだ。
泣くことだけがいまの少年にできる、たった1つのことだった。

第1章

# 謎のチーム

## 1999年の7の月

夏休み前の渋谷のセンター街はいつにもまして活気づいていた。夏の日射しに関係なく真っ黒に日焼けした制服姿の少女たち。パンティが見えそうなほど短いスカートから伸びた生足に、白いルーズソックスとローファーの革靴。そんなコギャルたちにナンパ男だけでなく、マスコミまで群がっていた。彼女たちは悪びれるでもなく男たちにたかり、マスコミから取材謝礼をせびった。

美月もちょっと前までは彼女たちと同じ立場だった。女子大生になったいまではぴちっとしたプリントTシャツに、ホットパンツの私服姿だが、以前と変わらず茶髪だし、健康的に日焼けしている。制服を着ればいつでも「なんちゃってコギャル」に変身できた。

コギャル時代と大きく違うのは、ローファーから15センチの厚底サンダルに変わったこと。厚底はカッポカッポと歩きにくいが、身長160センチの美月が履(は)くと視界が拡がり、この雑踏で人捜しをするのにうってつけとなる。

目的の男は予想どおりの場所にいた。

オープンカフェの階段の脇に2人の若い男がだらしなく座っている。

金髪ロン毛の頭の悪そうな男が素っ頓狂（すっとんきょう）な声を上げる。

「ノストラダムス、まじ、何もなさそうじゃん。恐怖の大王？　1999年の7月に降りてきてさあ、地球は滅亡するとか何とか言ってたじゃんかあ。俺、まじ、ガキんとき信じてたのにさあ」

もう1人の小柄なサル顔のほうがへらへらしながら応じる。

「いんや、恐怖の大王、ちゃんと降りたじゃん」

「え、まじでえ。どこによー」

「ノストラダムスの予言で儲（もう）けてきたやつらんところに」

「ぎゃははは、ヒロノっち、ちょーおもしれえ」

ヒロノっち――広野悦雄。目的の男だ。

美月が2人に近づいていくと、気配に気づいたサル顔の広野がスケベそうな顔で、

「こっちこっち」

と手招きをしてくる。美月が正面に立つと、金髪ロン毛が座ったまま見上げ、パンティ

を覗こうとする。ホットパンツなので見えるわけではないが気分のいいものではない。

「なんだ、見えねえじゃん」

広野はそう歯を剝(む)きだして笑いながら、上から下まで舐(な)め回すように視線を這(は)わせ、

「ね、やらしてくんない？」

と両手で拝むポーズをする。金髪ロン毛がギャハハハと大口を開けて笑うのを無視して美月は言った。

「あんたが広野ね」

この2ヶ月間、渋谷を根城にしているこのサル顔について美月は徹底的に調べ上げてきた。広野悦雄というフルネームや顔はおろか、行きつけの店、どこで寝泊まりしているのか、そして交友関係に至るまで、あらゆる情報が頭に詰まっていた。

今日、このサル顔に声をかけたのは自分たちの「チーム」に入れるかどうかの最終判断のためで、美月がその役目を負っていた。

正直に言えば、入れたくはない。でも本当に使える男なら誘う必要がある。でも、このサルっぽい顔を見ているとだんだん腹が立ってきた。

私の独断で断っちゃおうか、別のメンバー、いまから探したっていいし。

頭の中でぐるぐる悩んでいると、ためらいを見透かしたように広野が金髪ロン毛に、

「ちょっくら行ってくるわ。じゃあの」

と手を振って美月の横に立った。そして耳元に囁きかけてくる。

「いつ声をかけてくれるのかと、ずーっと待っとったんで」

やっぱり、こいつ、喰えない。

広野は自分の身辺が調べられていたのを知っていたようだ。

ま、２ヶ月間も追跡されて気づかないような鈍い男に用はないんだけどね。

美月は気を取り直し、センター街から駅に向けて２人で歩き出した。

でも、こんなとこ、知り合いに絶対見られたくない。でも、こいつがメンバー入りすれば私とパートナーを組むことになるのだ。

しきりにピロンピロンと、電子音が聴こえてくる。

広野のズボンの腰からは５台の携帯電話が鎖につながれてぶら下がっていた。それぞれの携帯に頻繁にメールが入っているようだ。

「見なくていいの？」

美月が訊くと、サル顔は、ちょっとうるさいな、とすべてバイブモードにした。

「ただの確認用メールよ」

そう歯を剝く広野から目を逸らすように、５台の携帯を注視した。

それぞれ色が違う。渋谷界隈をわがもの顔で歩くカラーギャングの色分けと同じだ。

やっぱりこの男が――。

美月が広野の存在を知ったのは3ヶ月前だった。出身は広島で、高校中退後、繁華街を気の向くまま転々と移動している。渋谷の前は名古屋の栄町、その前は大阪のミナミ。そんな広野がここに流れ着いたとき、界隈はセンター街を中心に荒れに荒れていた時期だった。

コギャルとセットで名物だった渋谷の不良、いわゆるチーマーが急速にギャング化したからだ。この2、3年、渋谷はコギャルたちの恩恵をたっぷり享受してきた。大人たちが援助交際やブルセラに払った金は、体やパンティを売る当人だけでなく、その彼氏たち、チーマーの懐も潤すことになった。不良たちの金回りがよくなれば、エクスタシーやマジックマッシュルームといったドラッグが大量に出回り、援交狩り、古い言葉で言えば美人局もあちこちで起こる。タガが外れた不良たちはまたたく間にギャング化した。彼らは徒党を組み、暴走族やヤクザさながらに抗争を繰り返した。仲間か敵か、この街で相手を識別するために彼らは誰ともなくチームカラーのように特定の色を身につけはじめた。ドラッグに暴力、女で荒稼ぎするいっぱしのカラーギャングの誕生だ。

半年前の冬、ギャングたちはテリトリーを巡って激しく火花を散らしていた。ところが不思議なことに、ある時を境に抗争はぴたりと沈静化した。

噂(うわさ)ではある新参者が仲介したと囁かれ、それが美月の耳にも届いた。調べを進めるうちに浮上したのが、このサル顔だった。広野は渋谷では異色の存在で、どのカラーにも属していない代わりに、どのチームとも仲良くしているという。とすれば、美月たちの「チーム」にとっても役に立つ。

本当にこの男が抗争終結に関わっていたのか。それを確かめるのが今日の目的だった。

美月は広野の腰についた携帯を指さしながら、

「それってチームで色分けしてんでしょ。そんな携帯持ってるってことは、やっぱあんたが動いたわけ？」

広野は答える代わりに、携帯のメールを見せてきた。そこには、

〈東エリアＯＫ　ほかの色なし〉

〈道玄坂８人　６時までいる〉

〈青４人　宮前坂公園　要注意〉

といった単文がチェーンメールで送られていた。

チームのメンバー同士で、今どこに何人でいるのか、さらにほかのチームの動向につい

て情報交換している。それが色分けされた携帯の正体だった。

「野生のサルは同じエリアにいろんな群れがおるから、常にここが安全かどうか、群れ全体で確認すんだよ」

「ぷっ」美月は吹き出した。「何それ。サル顔のあんたが、サルについて解説？」

「……」広野が顔を真っ赤にしてぶんむくれる。

「ごめん、ごめん。続けて」

「頼むで。ええか、カラーギャングも、あれよ、ま、あれっていうのはサルのことだけど。それと一緒で、要は同じ場所で違うカラー同士がぶつかんなきゃいいわけで、どっかにアジトを作って、そこからあの路地まで１００メートルがブルーの縄張り、反対側がレッドの陣地とか決めて、よそ者は入るなってやるより、ほかのチームがいないところが、そのチームの現時点のテリトリーってことにすればいいじゃん。そうすりゃ、どのチームも事実上、渋谷全体が縄張りになるんじゃね？　わしが言ったんはそんだけよ」

美月は感心した。シンプルな発想だが、確かにそれなら無駄な衝突は避けられる。広野が得意気に続ける。

「昔は連絡手段なんてポケベルぐらいやったけど、携帯が普及した今ならこれくらいちょろい芸当じゃろ」

美月の中学時代はポケベルが全盛だった。そういえば、私も公衆電話に陣取ってひたすらメッセージを打っていたっけ。あのころは渋谷センター街のほとんどの公衆電話のボタンがバカになったほどだった。その後ＰＨＳが流行り、それからメールのやりとりができるようになった。

「道具が便利になって、不良どもの縄張り（なわばり）のあり方も変わった。でも、こういうの、ケンカ相手に提案されるとムカつくじゃん。わしみたいな部外者の意見だから少しはあいつらも耳を貸す気になったっちゅうわけ」

他人事（ひとごと）のようにサル顔で言う。

美月は少し考え込んだ。この街では夏休みにもなれば、たくさんの女子高生たちが朝まで平気で遊んでいる。いわゆるプチ家出だ。親たちは、携帯電話を持たせているのでいつでも連絡がとれると娘をほったらかしにしていた。私の親もそうだった。家には帰らないけど親と話す機会は逆に増えた、なんてクラスメイトとよく話していた。その一方で、クラスの何人かはヒッキー、ひきこもりになって、24時間３６５日、自宅にいるのに親とまったく口をきかなかったりする。家に帰らない子が親と毎日携帯で話し、家にいる子はメモのやりとりだけでいっさい親と会話をしない。

マスコミや世間ではＩＴがどうとかこうとか言っているが、その本質を理解している大人は少ない。それに気づける人と気づけない人がいて、後者が偉そうにしているのが今という時代の特徴に思える。

その意味で言えば、広野はサル顔に似合わず、毛は3本多いようだった。つまり、私たちの「チーム」に入る条件を満たしている。でも認めるのはなんかシャクだ。

「何よ、自慢？　サル知恵じゃん」

「ホント、ひでーな、美月ちゃん。もしかして毒舌キャラ？」

また顔を赤くして抗議する。こちらが名乗ってもいないのに「美月」の名を口にした広野に対して何も言わず、渋谷のスクランブル交差点でタクシーを拾う。先に乗り込んだ美月が「駒場キャンパス」と運転手に告げると、広野がちょっと怪訝そうな顔をする。

タクシーは東急本店から松濤の住宅街を抜け、東大の炊事門で停車した。

東京大学駒場キャンパス。

「東大？　赤門は？」意外な場所に連れてこられ、さすがに戸惑っているようだ。

「あれは、本郷キャンパス。こっちよ」

美月は裏門から平然と大学の敷地内に入っていく。

「ここにいるの、みんな東大生か、すごいのう」広野が妙な関心のしかたをする。

しばらく歩き、古ぼけた建物の前に立つ。

〈立ち退き反対〉〈当局の横暴を許すな！〉という物々しい看板が、いたるところに立てかけてある。

「ここは？」と広野。

「寮よ、学生寮」

〈北寮〉と記された建物に入る。

「勝手に入ってええんか、女人禁制（にょにんきんせい）と違うんか？」

「イヤなら帰れば」

「わかったわい」渋々といった感じでついてくる。

生活臭を漂わす階段を上ると、〈23Ｂ〉というプレートのかかった部屋の前で止まる。

ノックをしてドアを開けた。

「とりあえず、連れてきたわよ」

３人の男と、１人のまだあどけない女の子が、一斉に美月たちを見る。

室内は20畳ほどの広さで、４つのスチール製机の上にはデスクトップ型のパソコンが置かれている。隅には配線ケーブルが絡み合うように差し込まれた機材が何台も設置されていた。

学生の寮部屋というより、ちょっとしたオフィスの趣（おもむき）だ。

「ふーむ」広野はなにやら納得している様子だ。

「ここが私たちの『アジト』よ。彼らと、そのかわいい女の子がメンバー」

「ま、美月ちゃんにこうして連れてこられたのも何かの縁。よろしゅう頼んます」鷹揚な口ぶりとは裏腹に体をもじもじさせている。

東大の学生寮。

広野にすれば、これほど場違いな空間もないはずだ。

## 最高のアマチュア

なんて、おさるさんにそっくりなんだろう。

由里子は美月が連れてきた男を目にして、失礼かなと思いつつも顔をまじまじと見てしまった。

「こいつが広野。ま、サル顔なんで、コードネームはサルで決まり？」

からかうように美月は言うと、セレモニーはこれで終わりという感じで、サルの襟首をつかみ、引きずるようにまたそそくさと部屋から出て行った。たぶん、次のミッションの仕込みに行ったのだろう。

もともと美月ひとりでは手が回らなくなったため、メンバーたちは渋谷の裏事情に通じていて、さまざまな手配ができる人物を探していた。そこで浮上したのが、広野悦雄だった。広野に関してメンバーでデータを集めた。美月はその裏取りと、最終判断を任せられていたのだ。

「ねえ、お兄ちゃん。美月ちゃん、あのおさるさんみたいな人、メンバーに加えたってこと？」

由里子が尋ねると、お兄ちゃんと呼ばれた堀井健史は「みたいだね」と優しく答えた。

由里子は少し不満げにふーんと鼻を鳴らした。

なんだ、面接みたいなのをお兄ちゃんがやるのかと思ってた。だって私たち結構やばいことしてるし……大丈夫なのかな。だいたい、おさるさんも、報酬とか条件とか何も訊かずに、どうして私たちの仲間になることにしたんだろう。

考え込んでいると、堀井が言葉を継いだ。

「由里子、さっき、あのサルが来たとき、美月の名前を呼んでただろ。美月は警戒心が強いから自分から名乗ったりしない。名乗ったとしても偽名にしたはずだ。それでも名前を知っていたというのは向こうもある程度、こっちが調べているのを気づいていたんだよ」

堀井はいったん微笑みかけて続ける。

「もともと、今日、美月が会って使えないと判断すれば、ここには連れてこない手筈になっていた。連れてきたことがこちら側とすれば合格ということになるし、サルにすればここに来たってことで仲間入りする意志を示した。今日はこうして『アジト』で会う、それが重要だったんだ」

「でも、おさるさん、自分が何をするのか、わかってんのかな？」

「サルは僕たちが自分を調べて、メンバーに誘ってきたと知っている。自分にできることをやらせたいんだとわかっているだろうし、その能力に価値があるとこっちが判断しているのも知ってる。それにね、あの手の男は裏切ったりはしないから大丈夫」

「どうして？」由里子が訊くと、堀井は「サルだから」と笑った。

「経歴、見たろ。高校中退後、広島の流川、大阪のミナミ、名古屋の栄、そしていまは渋谷だ。住所不定のまま盛り場に居着いて、ああして元気なのは、勘がよくて、危険を察知する能力が異様に長けているからだ。ねえ、由里子、僕たちを敵に回したい？」

由里子は首を何度も左右に振った。私にとってはみんなすごく優しくていい人だし、大好きだけど、ただのいい人じゃないことはよく知っている。だって、このチームは敵を潰すために、やっつけるために存在しているんだから。

でもね、おさるさん。敵のほうがもっと強いんだよ。それを知ったら、逃げちゃわないかな。

妹の不安を察してか、堀井が噛んで含めるように言う。

「いいかい、由里子。金で動かされる人間はダメだ。価値のあるのは、ま、使える人間って言い換えていいけど、金でしか動かない本当のプロフェッショナルか、金では動かない最高のアマチュアなんだよ。おそらくサルは後者のほうだろうね。僕たちの仲間になると一度決めれば、敵がどんなに強くても逃げたり裏切ったりはしない。ただ問題はどうやって飼いならすかだね。金じゃ動かない。脅してもダメだ、とっとと逃げ出す」

そっかあ。ホント、おさるさんみたい。バナナじゃダメかな？　由里子が唇をすぼめていると高松大学が声をかけてきた。

「ゆ、由里子ちゃん、これ、これ」

そう言うとミニコンポのスイッチを入れた。スピーカーから美月とサルの声が聴こえてきた。きょとんとする由里子。

「さ、さっきね、美月さんにマイク付けて通話状態にした携帯、わ、渡しといたんだ」いつもながらどこか挙動不審気味だ。

この東大院生の高松がこの部屋、アジトの借り主だった。「ちゃんとしたおたくになれなかったから東大生になってしまった」という変なコンプレックスの持ち主でもある。

すごいなあ。いつもながらの早業（はやわざ）に由里子は感嘆した。

高松大学くんは「だいがく」という名前同様、ちょっと、というか、だいぶ変わった人だ。人一倍、照れ屋で、きれいな美月ちゃんがこのアジトに来ると、いつも緊張するみたい。でもこういうときには抜け目がない。

「音声、すごく、いいでしょ。クッ、フフフフフ」

目配せしてくる。以前はちょっと気持ち悪かったけど、いまではすっかり慣れた。

「すごいね、大学くん」

由里子がそう褒（ほ）めると嬉しそうな顔をして、

「こ、これで、もっと聴きやすくなるよ」とスピーカーの音を大きくしてくれた。

「あ、イテッ、もう勘弁してよー、美月ちゃん」

「あんた、サルのくせに、なれなれしいのよ！」

スピーカーから流れる2人の会話に、由里子はじっと耳を傾ける。

「あんたにはとことん働いてもらうわよ」美月はサルに向かって、今後のことをてきぱき説明しだした。「昼間はこうしてターゲットを張り込んで行動を把握。夜は、あんたはオンナ集め。それに乱痴気騒（らんちきさわ）ぎできる店があったらチェックしておくこと」

「いつも、わしがやってることじゃん」

「だから、あんたに頼んでんのよ。裏切ったら承知しないわよ」美月はドスの利いた声でそう鞭(むち)を振りかざし、すかさず「でもちゃんと報酬は払うから。あんたの言い値で」と飴(あめ)を差し出した。

少しの沈黙。スピーカー越しにサルが肩をすくめている様子が伝わってくる。

「今日、あんたらのメンバー見せてもらったけど、ようもああタチの悪げな連中が集まったもんじゃ。美月ちゃん入れて5人。あれで全員か？」

お兄ちゃん、小山さん、大学くん、美月ちゃん、私。由里子は椅子に腰かけて、コクンとうなずく美月を思い描きながら、膝を抱えた。

「1人、小太りの男いただろ？」

キーボードを全力で叩いていた男の動きがとまった。

「あれは頭がよすぎるあまり一回転して、かえってバカになった男だろ」

小山完がスピーカーに向かって「なんだと！」と目を剝いた。高松が「プ、プププ」とほくそ笑む。

「で、奥にいたおたくみたいな、というか、おたく」

今度は高松がスピーカーを睨(にら)みつける。

「あれは、どうでもええが」とコメントせず、「その横にいた、ぱっと見、人の良さそうな感じの男」と切り出した。高松のいるほうから、ペキッと何かが壊れる音がした。無視されたことに怒っているのだろう。サルが続ける。

「あれが大将だろ、あんたらのチームの。ここんとこ、玉の裏が久々にヒューンってなった。わしのタマキンレーダーが、あいつはちょーヤバだって反応したからな」

へー、見抜いてたんだ。由里子は感心しながら堀井のほうを見た。両手を頭のうしろで組んで椅子の背もたれに体を預けたまま、表情ひとつ変えない。

「でも、わしが本当に怖かったのはあの中学生っぽい子。大将の妹さんだろ。実はあれがいちばん怖かった」

ええ。私？ 小山と高松が上目遣いで由里子を見る。

「わしが裏切ってみい、『お兄ちゃんを裏切った！ よくも騙(だま)したわね！』って、一生恨まれそうじゃ。だいたい、あの子の家、すげえ金持ちだろ。美月ちゃんはそこそこ出世したリーマンの家の子って感じだけど、あの子はスケールが違う。下手に恨み買うと、金と権力、なんでもかんでも使われて追い詰められそうじゃ」

由里子はもう一度膝を引き寄せた。そうよ。誰にも言ってないけど決めたんだ。私はお兄ちゃんを守るの。守ってもらうんじゃなくて、私が力になってあげるの。

「由里子ちゃんの家がお金持ちだってよくわかったわね。あんた、あの部屋ですごく居心地悪そうだったのに」

「そうよ、じゃけえ、あの子を見たとき、おっ、と思った。こう、品があるっちゅうんかのう。あんな得体の知れん部屋のなかで、さわやかな高原の風、ちゅうんか。ええにおいがするんよ、あの手の本物のお嬢様には」

美月は黙っている。

「ま、あんたも由里子ちゃんの次に面倒くさそうだよな。昔は地味でおとなしかったのに、高校になってコギャルだなんだで、急に弾（はじ）けた口だろ。そういう根性のひねくれたにおいがす……」

イッテエェ!!　スピーカーから叫び声がこだました。きっと美月の厚底で蹴っ飛ばされたんだろう。

由里子は口許（くちもと）に拳を寄せ、小さく笑った。美月ちゃん、おさるさんの調教、なんか大変そう。でもこのおさるさん、すごく頭がいい。お兄ちゃんが言ったように飼いならしにくいタイプかも。

「あんたらのチームを手伝ってやってもいいけど、ぶっちゃけ、金はどうでもいい。その代わり、一生遊んで暮らせるようにしてくれ。それが条件かのう」

「言ってること、矛盾しまくってるわよ」美月が冷ややかな口調で言う。

「勘違いするなよ。遊んで暮らせる金が欲しいんじゃねえ。実際、金なくても楽しゅうやっとるしね。金じゃねえんだ、その街のいちばん華やかなところで好き勝手やるのって。毎日毎晩、旨(うま)いもん喰って、いい女とやって、おもしれえ連中とバカになって遊ぶ。そういう風にわしは生きていきたいの。しかもタダで。わかる？」

ある意味、もっともぜいたくな希望だ。

「だからさ、あんたらのチームに入る条件は、どこでもおもしろおかしく暮らせる方法と手段を俺に伝授すること。おたくの大将、そういうノウハウ知ってそうじゃん。それで手を打つ」

スピーカーのサルの声が急に大きくなった。「あんた、何すんのよ」美月の声が遠くから聴こえる。

「これで聴いてんだろ、のう、大将、頼んますよー、報酬の件」

由里子が椅子から立ち上がって言った。「すごいね、おさるさん」

堀井が苦笑いしながらうなずく。

「明日、いっぱい、バナナ買ってくるね。やっぱり好きだよね？　バナナ」

23Bのアジトが笑いに包まれた。

1人、笑っていなかった高松が憎しみを込めるようにキーボードを必死に打ち込む。すると、人工音声で曲が流れた。

「♪厚底のムチー、バナナのアメー、おサルのちょ〜きょ〜」

さらにキーボードを人差し指でタンッと叩く。

「言う、こと、きかない、と、美月に、代わって、お、仕置き、よ！」

パソコンに取り込んだ美月の声で台詞（せりふ）を言わせる。

ニヤリと、高松がどや顔をする。

今度はアジトが震えるほど、みんな大声で笑った。

チーム全員がサルを受け入れた瞬間だった。

## ほんま、しゃれならん

弾かれるようにサルは飛び起きた。けたたましく鳴る目覚まし時計を叩き止める。

ハアアアアア。

思いっきりため息をついて頭を抱え込んだ。あらためて時計を見ると午前8時過ぎだった。結局2時間しか眠れなかった。

この部屋の主人である高松大学は、サルとの同居を心の底から嫌がり、別の部屋に退去していた。いまや20畳の空間を独り占めだ。おう、まさに天国じゃのう。最初こそ、そう喜んだが、すぐに誤りだと思い知らされた。廃寮を決定した大学当局と学生側の対立が激化していて、ときおり大学側は嫌がらせのように配電をストップした。対する学生側も自家発電で一歩も引かないかまえを見せるなど、実に物騒な場所と化していたのだ。

「ここに寝泊まりすればいい」堀井にそう言われたとき、「悪いのう」とお礼を言った自分を呪いたくなる。

まさに絵に描いたような「アジト」。それだけに、得体の知れないサルがここに住み着いていても気にする人間は誰もいなかった。ましてや、いまは夏休み期間なので、そこかしこの部屋が空いていた。高松はそのどこかで起居しているようだ。

ここに来てから、とサルは指を折る。まだ1ヶ月も経っていない。なのに、もはや身も心もぼろぼろだ。明け方まで酒場でドンチャン騒ぎし、へとへとになって駒場まで歩いて帰り、近くのコインシャワーで手早く体を洗って、この高松部屋のソファに倒れこむ。そして午前中には活動再開。そんな生活がずっと続いていた。あまりの忙しさに、まともに風呂につかるどころか寝る暇さえない。

とことん働いてもらうわよ――。美月の言葉がよみがえる。ほんとに、とことん、だった。

うーぅ。サルは布団のうえで唸った。

そんなわしを見て、あいつらときたら「毎晩、合コン三昧(ざんまい)で楽しそうだねー」「願いがかなって遊び放題だな」だとよ。っざけんじゃねえっつーの！　わしは遊んで暮らすのを条件にこのチームに入ったんじゃ。それがどうしてこうなっちゃうわけ？　騙された？　騙しやがった？

サルは誰もいない室内でひとしきりぶつぶつ呪詛(じゅそ)を撒(ま)き散らすと、部屋の外に出て共同の流し台に取りつき、蛇口からじかに水を飲んだ。さすがの当局も電気は止めても、水は止めていなかった。

うがががが。カルキくせぇ。

すっかり寮生活も板についてやがる。

この真夏の炎天下、サルの1日はその大半がターゲットの張り込みからはじまった。建物の入り口が見通せる場所に駐車スペースがあればまだましだが、屋外で動静をうかがうしかない場合は地獄だった。アスファルトと一緒に体が溶けていくような錯覚に襲われる。

「ほんま、東京の夏はしゃれならん」いまやすっかりサルの口癖だ。

張り込みがない日は照り焼きにされないだけましだったが、代わりに頭をフル回転させる過酷な労働が待っていた。

山谷や黄金町などのドヤ街に出向き、札束片手に手当たり次第、人間をかき集める。彼らを風呂に入れてやり、衣服を与えて、安アパートの入居準備を整えてやる。晴れて入居が決まれば、役場で戸籍謄本を取らせ、サルはその足で法務局と公証役場を渡り歩く。そうして登記簿などの書類を揃(そろ)え、次々にトンネル会社やペーパーカンパニーを作っていった。

最初こそ小太りの小山がそのノウハウを手取り足取り教えてくれたが、一度やり方を覚えてしまうと、あとは放任、すべてサル1人でこなすはめになった。

張り込みか、トンネル会社作りか。日が出ているうちはそのどちらかに精を出し、夕方になれば今度は美月と合流だ。

チームのターゲットの多くはIT系企業の社長や幹部たちだった。パソコンを1日中いじっているあんちゃんたちだ。渋谷には、コンピューター用語のビットから「ビットバレー」、あるいは「渋い谷」を英語に置き換えて「ビターバレー」などと呼ばれるほど、ITベンチャー企業が密集していた。

そこで働く連中に近づき、とにかく仲良しになる。

「すんげえ、おもしろい店あんだけど、行こうぜ」このあたりはサルの得意中の得意とするところだった。

連れて行った先にはサルと美月が用意したコギャルがいる。ターゲットがコギャル系を好まないようなら、オネギャルたちを仕込んでおく。言うまでもなく、福澤諭吉2、3枚でばんばん股を開く安い女たちだが、そこはそこだ。あらかじめ金を渡しておいて、いかにも「素人(しろうと)」を装(よそお)い、ターゲットが自力で口説き落としたように演出してやる。

女に喰いつかない男はいないとはいえ、ターゲットにする連中はパソコンが大好きで、しかも仕事に目がない人種ときている。

もちろん、そういう連中を転がすのも、サルにすればお手の物だった。

太鼓持ちのデンデン太鼓を叩きまくってやるのだ。彼らはその手のヨイショに慣れていない。すぐに調子こいて、テンションあげあげ。

仕上げにお持ち帰りをさせれば、一丁上がりだ。サルから連絡を受けた美月が、ラブラの2人を尾行し、その様子を写真と映像で撮影。翌日、仕込んだ女からレコーダーを回収して音声も押さえる。これらの証拠を見せれば相手はぐうの音も出ない。つまり、ターゲットを女遊びに沈めるまでがサルの仕事、「ネタ」を確保するのが美月の役割となる。

そこからは小山の出番だった。サルたちがあげたネタを使ってターゲットを強請り、トンネル会社を通じて高額のコンサル料を支払わせたり、業務提携をさせたりする。優秀な経営者が相手のときは、その下でくすぶっている野心たっぷりの従業員に垂れ込んでやる。ネットでネタをばらまき、怪文書にして送りつけるのだ。そうやってクーデターをけしかける。この一連の仕掛けは、高松が持ち前の粘着気質を存分に発揮して、パーフェクトにやり遂げてくれる。

一方で、会社を追い出された元経営者に、堀井か小山が接近して新規起業の元手を融資してやる。事業が軌道に乗れば、トンネル会社のベンチャーファンドを経由させて資産の一部を中抜きするのだ。

流し台で顔を洗って部屋に戻ったサルは、リモコンでテレビのスイッチを入れた。しばらくザッピングして、情報番組に落ちつく。そして顔を拭いたタオルを首に巻き、共同トイレに向かう。便座に腰を下ろし、いきみながら、それにしても妙だ、と思う。

チームがやっているのは、ＩＴベンチャーをはめて金を巻き上げること。いたってシンプルだ。強請って儲ける。

もしチームに難点があるとすれば、それは「現場」に弱いということだった。高松は外の任務に関してはまったく使えない。美月１人だけにネタをあげさせるのは酷というものだ。そう考えれば、自分が誘われたのもうなずける。

つまり、わしの加入ですべてはうまくいっているし、それぞれがストロングポイントを持つこのチームは切れ者ぞろいと言っていい。今後も下手を打つようなことはないだろう。

でも、何かが腑に落ちなかった。

うーむ、と考え込む。

実は、メンバーに対してサルは密かな敬意を抱いていた。それは彼らが金で動くような安っぽい人間には思えなかったからだ。

サルはタオルで頭をごしごしこすった。

ま、セレブの由里子は言うまでもないけど、美月だって体は売っても心は売らない、キスはNGよ、なんてのたまうソープ嬢のような頑なさを持っとる。高松にせよ、おたくだといっても、その粘着質なキャラクターが勉強や研究に向かえば、ものすごい威力を発揮しそうだった。小太りの小山は金の勘定や算段は得意なのに、自分の金には無頓着。ましてや大将、あの堀井は金に呑まれたり、支配されたりするタマじゃない。チームの目的が単なるベンチャー転がしの金儲けなら、わしも含めてこのメンツがそろうはずがないのだ。絶対、何かほかの目的があるはず——。

それがこの1ヶ月で辿り（たど）ついたサルの結論だった。用を足して部屋に戻ると、サルはソファに転がっていた自分の財布を拾い上げた。鰐革（わにがわ）のけばけばしい財布の中には堀井から渡されたカードが3枚入っている。

1枚は都銀のキャッシュカード。〈シンキロウ〉の名義で8桁の預金残高がある。あとの2枚はブラックのクレジットカードだ。

シンキロウって誰よ？　手渡されたときに訊いたら、堀井は含み笑いを浮かべて「漢字にすれば……」とメモ用紙にこう書いた。〈森喜朗〉。サメの脳みそにオットセイの下半身——と揶揄（やゆ）された有名な政治家の名前だった。

ったく、あいつら、どこまで本気なんだ。サルは昨日、洗濯しておいたシャツに着替える。しわが寄っているが、そんなのおかまいなしだ。ほのかな洗剤のにおいが気持ちいい。

まあ、このカードを持ってトンズラすりゃ、しばらくは遊んで暮らせるわな。でも、それはやらん。ここにはまだ秘密がある。このチームにはもっと別の目的があるはずや。それを知るまでは——。

そのとき部屋のドアが開いた。由里子だ。

気分が一気に晴れ渡った。心の中でつぶやく。

ま、しばらくは出ていかんでもええか。

「おはよう、おさるさん。昨日も大変だったんでしょ。ちょっと待っててね、すぐ朝ごはん作るから」

アジトには、冷蔵庫のほか、簡易コンロやトースターなど調理器具はあらかたそろっていた。せっせと立ち回る由里子の背中を見ながら、タバコに火をつける。

彼女は渋谷にある有名私立大の中等部に通っているらしいが、いつも誰よりも先にアジトに来てはあれこれ世話を焼いてくれる。色白の顔に黒目がちな目。まるでバンビのようだ。それに、育ちの良さを感じさせるどこか大人びた上品なたたずまい。サルはしみじみ思う。わしの生涯で接したことのないタイプじゃのう、と。

由里子がトーストとコーヒーを運んできてくれた。

「ちょっと、待っててね」そう言い置くと、ガラス製のボウル皿を手に戻ってくる。バナナにヨーグルトがかかっていた。「カスピ海ヨーグルト。由里子のお手製なんだよ。すっごく美味しいの」

切り分けられたバナナは甘味の凝縮された台湾産だという。目の前でヨーグルトの上にブルーベリージャムをかけてくれる。

「はい、どうぞ」

旨い、癒(い)やされるな〜。スプーンでバナナを口に運びながら、サルは唯一(ゆいいつ)安らげるひと時を満喫する。

ん？　いやな気配がする。見ると、いつの間にか美月の姿があった。

「由里子ちゃん、夏休みなのに飼育当番？　サルの餌やり、大変ね」相変わらずの憎まれ口だ。

由里子がくすくす笑って言う。

「じゃ、ごほうびにアイスココアオレ、作ったげるね」

「由里子ちゃん、ありがとう。はやくねえええ」一転して表情が崩れてしまう。

続いて、どこかの部屋から高松が戻ってきた。

こっちをひと睨みし、黙って、シュッ、シュッと、消臭スプレーを部屋中にかけて回る。サルのにおいが嫌だというアピールらしく、いまや高松の朝の儀式と言っていい。

サルはそれを鼻で笑った。無視、無視。わし、満足だもん。だって、デパ地下で売ってる高級液体ココアなんだもん。

「ミルク、たっぷりでねえ」そう声をかけると、「ミルクだって。バッカじゃないの」と美月が冷たく吐き捨てた。

サルがちゅーちゅーとストローでココアオレを飲んでいると、小太りの小山がやってきた。

「広野くん、この前オーダーしたスーツがようやく届いたよ。さっそく着てくれないか」

めんどくせぇ。「チッ」と聞こえるように舌打ちしてやった。

２週間前、サルは堀井に表参道のアパレルショップに連れられて行き、オーダーメイドのスーツを発注したのだった。中年のテーラーに体のあちこちを採寸されて気色悪かったのを覚えている。

和紙の包装をむしりとると、光沢のある生地にブルーの薄いストライプが入ったスーツが出てきた。さらにもう1つの包装もむしるとワイシャツ。これもオーダーメイドだ。ワイシャツの場合、生地から選んで仕立てていく。サルはそんな手の込んだ工程があることをはじめて知って、半分驚き、半分あきれた。

「あと、これもな」小山がネクタイ、ハンカチ、腕時計など、装飾品一式を次々に並べていく。

美月が「あ」と声をあげて腕時計を手にとった。「これ、ブルガリの限定版じゃん」

サルはため息を吐く。どうでもええよ、わしは。学校の制服すらまともに着たことないのに。

だらだらと服を脱ぎはじめる。

「目が腐るから見ちゃダメよ」美月が由里子を遠ざけた。

ジャストフィットのスーツをまとい、イタリア製の革靴を履き、顔を背(そむ)けられながら美月にネクタイを締めてもらう。そしてサファイアのネクタイピン、スーツの胸ポケットにはハンカチーフ。ブルガリの時計を手首に巻き、シルバーフレームのメガネまで掛けさせられた。

ここまできたらおもしろくなったのか、美月は鼻歌を口ずさみながらサルの髪をセットする。これでコーディネイト終了。しめて300万円なり。

「どうっすか？　わし」

その瞬間、アジトは爆笑に包まれた。

由里子までも手で涙を拭(ぬぐ)っている。

美月にいたっては息すら満足にできないようだ。「ダメ、ダメ。まじ、死んじゃう」声だけ聴けば実にエロい。

「なんよぉ、笑うなよぉ」

そう口をとがらせたとき、またドアが開いた。大将のお出ましだ。

「準備が整ったようだな」堀井はサルの肩にぽんと片手を乗せるとみんなに向かって、「今日から新しいミッションに入るぞ」と宣言した。

「れ、れ、例のやつね」高松がぼそりとつぶやく。

堀井はサルの全身を眺めた。

「そうだな、作戦名は『サルにも衣装』ってところかな。あ、悪い」

そう言うなり、アハハハと笑い出した。

サルはあっけにとられた。大将が大笑いするとこ、はじめて見たわ。

そして、素朴な疑問が頭をかすめる。

で、わし、この格好で何すんの？

## ビットバレーの正体

サルのスーツ姿を笑ったのは、安堵したからだった。

小山完は、もしサルの「変装」が使えないとなれば堀井健史に出てもらうしかないと考えていた。もちろん彼は了承するだろうが、あまり表に出したくないというのが小山の本音だった。

彼とのつきあいは大学時代を入れてもう8年になる。だから堀井が人前に出ること、目立つことを極端に嫌う傾向の持ち主だと気づいていた。本来の彼はむしろ社交的と言っていい。でも、それは身内や自分が仲間だと認めた人間だけに見せる姿だった。

事実、いまはなき会社を2人で興した当初、責任感の強い堀井はみずから社長を引き受けた。しかし株式公開する直前になって頭を下げてきた。社長業を代わってくれないか――。

実態は共同経営だったので、社長の肩書きは形式にすぎない。気安く引き受けた。

その結果、小山は「創業から4年あまりで店頭公開した元東大生の若きベンチャー社長」としてうんざりするほど取材を受けるはめになった。そのとき理解したのだ。堀井はこうした露出を避けたかったのだ、と。

単に面倒くさいからではない。自分の存在が表沙汰になる。それが今後、良からぬ何かに影響するとの懸念が堀井にはあったのだろう。小山はそれを直感的に確信した。でも、具体的なことについてはいまだに何も知らないし、知る必要もないと考えている。

ただ、由里子、この異母妹だけは何となく事情を知っているようだった。

「のう、小山の師匠。わしに何をやれっちゅうんじゃ？」

シルバーフレームのメガネに息を吹きかけながらサルが訊く。

「いまから君は優秀な若きファンドマネジャーだ。はい、これが名刺」スチール製の名刺入れを渡す。

サルは中から名刺を取り出し、まじまじと眺めた。

――アルテミス投資事業組合　ファンドマネジャー　榊敬一

「投資組合？　榊？　ファンドマネジャー？　ちょーありえないんですけどー」名刺を覗き込んだ美月が笑う。

美月の発言を真っ先に否定したのは意外にも高松だった。

「なんか、嘘くさくて、かえって、本物っぽい……かも」ぼそぼそと口にする。

小山が大きくうなずく。まさにそうした効果を狙っていたからだ。

サルの格好はお世辞にも似合っているとは言えない。ファンドマネジャーに見えない人間がファンドマネジャーと名乗る。しょせん、ビジネスなんて裏のかきあいだ。騙すつもりなら、普通少しはもっともらしくふるまうと考えるだろう。それがここまで堂々と胡散くさいと、相手はかえってそこに妙な信憑性を嗅ぎとってしまう――。修羅場を潜り抜けてきた小山と堀井ならではの奇策だった。

「結婚詐欺師と一緒だよ」小山が言う。

「はーん、なるほどねえ」と美月。「中年のハゲジジイが、パイロットだとか、医者だとか、弁護士だとかって根も葉もないのに自称して、結婚詐欺で荒稼ぎしたなんてニュースをたまに見るもんね。ぜんぜんそう見えないから、逆に女性は信用しちゃうわけね。詐欺ならもっと本物っぽくするはずだって」

堀井が由里子のいれたコーヒーに口をつけて言う。

「今回のミッションでは、相手に涎が出そうな儲け話を持ちかける。当然、『詐欺か』『裏があるんじゃないか』と警戒されるだろう。でも、その話を持ち込むのが――」

由里子がうれしそうに言葉を引き取る。

「このかっこのおさるさんだもんね！」

「最初は警戒しても、そのうち、騙すつもりならもっとちゃんと騙すだろう、という心理になっていく。そうなればもうこっちのペースだ。相手を完全にコントロールできる。結局、人は自分の信じたいことを勝手に信じ込むんだよ」

サルは後頭部をぼりぼり掻いている。ずいぶんな言われように、さすがに不貞腐れたようだ。堀井がサルの肩をもみほぐす。

「今回は億単位の金を流すディールだ。でも相手はこのところ不運続きで、非常に疑い深くなっている。餌に喰いつかせるには多少の『遊び』が必要なんだよ。新しい局面を作る重要なミッションは、サル、お前にかかってる」

ぽんぽんと二度ほど肩を叩いて励ました。

電話が鳴り、美月が受話器を取る。

「ハイヤー、来たって」

それを合図に小山はサルを連れてドアノブに手をかけた。

堀井が「まあ、先輩も一緒だから気楽にやってくれよ」とサルに声をかけながら、こちらに目配せをする。目でうなずきかえす。

今日、サルを連れ出したのには別の目的もあった。

もちろんサルはまだ何も知らない。

「運ちゃん、もっとエアコン効かせてくれ」ハイヤーに乗り込むなりサルが言う。「そういや小山の師匠、あんたって結構有名な社長だったんだろ？　何度かターゲットの口から小山完の名前が出たぜ」

2年前まではね、と曖昧にごまかした。そのころのいきさつをサルに話すのは自分の役目ではない。

サルは会話が続かないと思ったのか、なぜターゲットがいとも簡単に騙されるのか、と質問を変えてきた。

「やつら、いい学校に行って、頭だっていいんだろ？　わしらのみえみえの罠(わな)、見抜けんもんかね？　腐っても社長だろ。女遊びにしても信用できる場所でやろうとか……もう少し用心深くてもええんちゃうか。わしなんかに誘われてのこのこついてくる時点で、社長失格じゃろう」

まったくの正論だった。小山が口を開く。

「気づいていると思うけど、ターゲットってだいたい35歳前後だろ」

「そうそう。ベンチャーの社長だからそんなもんだろうけど、思考回路や雰囲気がよく似てんだ、あいつら。それにパソコンやネットの知識が意外とない。あんたらと働いているわしのほうが詳しいくらいでのう」

これもまた実に正しい認識だった。

「結局ね、いまのＩＴベンチャーの大半は『ＩＴ』じゃないんだ」

ＩＴをインフォメーション・テクノロジー、情報伝達の新しい技術とすれば、世間からＩＴ系と呼ばれているベンチャー企業のほとんどが「通信サービス会社」でしかなかった。その意味で言えば、いまは存在しない小山たちの会社こそ文字どおりのＩＴ企業だった。

では、いまＩＴ系ベンチャーと称される企業の実体は何なのか。

簡単だ。電電公社が民営化してＮＴＴになったことで、その関連サービスの需要が出てきた。その下請け企業群である。つまり、ゲームやＯＡ用のソフトウェア開発会社、それに新電電系のＰＨＳ、携帯電話、ＰＣソフトなどを販売するディストリビューター（代理店業）だ。

「ダイヤル$Q^2$って覚えてる？　電話をかけると通話料と別に課金される有料サービスなんだけど」

「ああ、あの伝言ダイヤルとかあった、テレクラっぽいやつな」

「いまのベンチャーはそのダイヤル$Q^2$からすべて派生したと言っていい。そのおおもとになっているのが、福岡にあった〈電援隊〉という伝説のＩＴ企業なんだ。その会社は呆気(あっけ)なく潰れたんだけど、元社員たちが日本中に散らばって、次々と会社を興していったんだよ」

電援隊は$Q^2$の有料課金システムを利用する新たなビジネスモデルを確立した。$Q^2$でネットに接続させて新興プロバイダーになり、また一方では、複数の電話をつなげた電話会議の設置業務をこなした。さらに検索やゲームといった、ネット上のあらゆるサービスを$Q^2$のシステムで提供し、急成長を遂げたのだ。

最近開発された携帯電話のｉモード。そこでサービスを展開するベンチャーにしても、ＮＴＴが料金徴収を代行するシステムに依存しているかぎり、事業の構図は電援隊とまったく同じだった。

小山はそれが不満だった。

ＩＴの本質は無料にある。フリーソフト、オープンソースだ。サービスは従量制ではなく定額制で行われるべきであり、使い放題であるべきだった。だからこそＩＴのビジネスモデルで真に問われるのは、提供するソフトやサービス以外のところで儲けを出す仕組みそのものにある。

しかし、いまのいわゆるＩＴ企業はその本質から完全にずれていた。彼らがこのまま先頭を走り続ければ、日本のネットカルチャーは歪んでしまうだろう——。

「それで、ビットバレーの連中をはめてるんか？」

半分は正解だ。しかしサルのその質問には答えず、話を本筋に戻した。

「それでさっきの続きだけど、いまの35歳前後の世代っていうのはちょうど大学を卒業したころNTTが民営化し、NTT株ブームがあって、社会人2、3年目のときにバブル景気を経験している。当時は若手だったからバブルの恩恵はそれほど受けていないとしても、バブル時代の遊び方は覚えている。それにね、彼らは受験戦争がもっとも過熱していた世代だ。学校では猛勉強をしつつ、その一方で落ちこぼれがふるう暴力で校内が荒れに荒れた光景を目の当たりにしてきた。だから、競争を勝ち抜いていい大学までいったやつはエリート意識が強烈だ。でもその反面、不良っぽいものに妙に憧れたりするんだよ」

「ははん、ビーバップとかゾッキー（暴走族）とか、この世代じゃもんな。そうか、そこにきてエリート意識が強いときとる。『おらぁ、てっぺん獲ったる』的な上昇志向で会社を作って、それが成功するとバブル時代にやりたくてもできんかった派手な遊びをやりたがる。昔、不良に憧れとったから、いまになってワルっぽい連中とつるみたがる、と」

「だから同じ手口でみんなひっかかるし、どの会社も電援隊をロールモデルにしているから、社員を引っこ抜いて元手を渡せばすぐに同種企業が生まれる」

彼らの会社はいわばNTTチルドレンだった。

そしてそれは、あの男にしたって例外ではない——。

小山は無意識のうちに、奥歯を強く噛みしめていた。ハイヤーが止まってわれに返る。到着だ。

目的の会社〈株式会社グッドネット〉の前に立ったサルが首をかしげた。

「ここ、ついこないだ、わしがはめた会社……」

一時は年間売上30億円を誇ったITベンチャーの雄も、堀井率いるチームに目をつけられて命運が尽きた。高松が、持ち前の粘着質を活かして有能な社員を洗い出し、小山が彼らに接触し融資をもちかけて次々と独立させた。その後、業績不振で喘いでいるところを見計らい、サルと美月が社長や重役を女遊びの沼に沈めこんだ。わずか1年。グッドネットはいつ潰れるか時間の問題のクズ会社に成り下がっていた。

「右手で殴りつけたから今度は左手で撫でてやるんだ。たっぷり金をむしって、たっぷり金を渡してやるんだ」

ごくり。サルが生唾を呑む音が聞こえた。

## 悪貨は良貨を駆逐する

誰もスーツ姿の男がサルだと気づくことはなかった。

グッドネットにずかずか踏み入るとサルはすぐに顔見知りを見つけたが、彼らはこちらにちらり目を向けるだけで無表情のままパソコンに顔を戻した。

サルは心の中で苦笑いする。もし気づくやつがいれば「これ、罠だぜ」とばらしてもいいな、と密(ひそ)かに思っていたからだ。

ま、そんな鋭いやつがいたら会社は傾きはせんだろうけど。

女性秘書に社長室へと通される。

社長の笠倉脩三が小太りの小山に駆け寄り、「どうもどうも、ご足労いただきまして」とコメツキバッタのようにぺこぺこ頭を下げた。

東大出身、創業からわずか4年あまりで店頭公開、数十億円の資産を手にしながら、その1年後には引退した――。この業界では「小山完」はビッグネームだった。

「今日はとてもよいお話があるそうですが……」

美月情報ではコギャルのおしっこに目がないという笠倉社長が、もみ手をしながら小山にすり寄る。きっとガングロコギャルにもそうやって「おしっこ、ちょうだい」とねだっているんだろう。サルは密かにあざ笑った。

小山がサルを紹介する。

「笠倉さん、こちら榊さん。まだ33歳とお若いんですが凄腕（すごうで）のファンドマネジャーです。本日は榊さんのほうからいろいろご提案があるそうですよ」

33歳？　わしゃまだ22歳やがな。どうせ嘘なんだからどこまでも嘘をつき通す気なんだろう。ともかく名刺を渡す。

「よろしく」とひと言だけ。

「ああ、どうも……」名刺に視線を落とした笠倉社長の眉間に、かすかなしわが寄る。必死になって状況を把握しようとしているのが手に取るようにわかった。

しばらくして笠倉社長が顔を上げた。

「アルテミス投資事業組合さま……。失礼ですが、あまり存じ上げない名前でして。その、最近、このあたりは物騒な筋とかかわりをもっておられる金融関係の方がよくいらっしゃるようでして、その……」

笠倉社長なりに危険を察知したようだ。

暴力団のフロント企業か、せいぜいヤクザマネーを管理する元証券マンといったところか、こんなやつにかかわれば会社が乗っ取られる――。あらかたそんな推測だろう。サルは意識して、口許に柔らかな笑みを作った。わしの素性は怪しんでいるものの、ファンドマネジャーで大金を動かす立場、その管理者であること自体は疑ってないはずだ。

　小山が先手を打つ。

「笠倉さん、いろいろ大変でご不安になる気持ちはわかりますが、そんなことを言える状況なんですか？　融資先なんてもう高利の商工ローンくらいしか残ってないんでしょ。会社が潰れるだけならまだしも、笠倉さん、あなた、夜逃げか、首を縊るはめになりますよ」

　サルがヤクザ絡みである可能性を否定しないところが実に絶妙だった。笑いをこらえて成り行きを見守る。

「ともかく、条件くらいお聞きになったらどうですか？　私も榊さんから内容をうかがって、それならと、このお話を紹介したんですから」

「はあ」と笠倉社長。それだけ言うのがやっとという感じだ。

　サルは事前に渡されていたレポートをアタッシェケースから出すと、笠倉社長の前に置いた。車中での打ち合わせどおり説明をはじめる。

「月2000万円、それを半年、状況次第では1年、あんたの会社に融資してやろう。その方法だが……」

月2000万円の言葉に笠倉社長は目を見開いたが「ですが、うちの株を担保には……」と往生際の悪いことを言い出す。

サルは多少いらついた感じでレポートを指でトントンとさしながら「ここに、私が代表を務める会社が3つあるだろ」と笠倉社長を見る。「ここと、あんたの会社が業務提携すれば、コンサル料の形で支払ってやるよ。だから、あんたの会社の株はいらんよ」

蒼白だった笠倉社長の顔に一瞬で血が通い、赤みが差した。

「そ、そん、そんな好条件で」目に媚(こ)びの色が拡がる。

「ああ。ただし、いくつか条件がある」すかさず言った。

笠倉の目が泳ぐ。高額の生命保険にでも入れられると思ったのか、たちまち青ざめる。赤くなったり青くなったり、ご苦労なこって。サルは優しく諭(さと)すように続ける。

「笠倉社長、あなたが何を考えているのかはあえて訊きませんが、私が出す条件というのは、いまから言う3つの会社にそれぞれ月400万円、業務を発注してほしいということだけですよ。つまり、月2000万円入ったうち、1200万は仕事としてこちらに回してもらいます。それでも十分、あなたの会社は持ち直すはず、ですよね？」

「ほ、ほんとに、それでいいんですか、本当ですか、本当ですか！」

笠倉社長が縋りつかんばかりに身を乗り出してきた。勢いでテーブルのコーヒーをひっくり返し、サルのスーツにかかる。

３００万円のスーツ、もう台無しかよ。サルはあきれた顔をする。

慌てふためいた笠倉社長が土下座して謝る。

右手を振り、構わないという仕草をするサル。どうせこんな服、二度と着ることはない。構わねえよ。

いつ潰れるか、毎日毎日、金策に奔走していただけに人心地ついたのだろう。笠倉社長は大きく息を吐き、小さく「助かった」とつぶやいた。

もとをただせば、笠倉社長の会社の経営悪化はサルたちの仕業だ。本来、ＩＴ企業の有望株であるグッドネットが金融機関やベンチャーファンドからことごとく融資を断られてきたのは、チームで仕込んだネタ、笠倉社長のスカトロ趣味や幹部たちのご乱行の数々を高松がせっせと怪文書でばら撒いてきたからでもあった。サルはこの笠倉という男がだんだん哀れに思えてきた。

「うちとしては本当に助かりますが、おたく様はこんな条件で……」

思わず口が滑ったのだろう。笠倉社長が途中で言いよどむ。サルはあえて答えた。

「ま、桶屋で儲けますんで」

「桶屋？」

「ええ。風が吹けば、ですよ」

笠倉社長はポカンとしている。

「榊さんは落語の、風が吹けば桶屋が儲かる、そういう意味でおっしゃってるんですよ。榊さんは常日ごろから、ITブームだなんだといっても、その市場はまだまだ脆弱(ぜいじゃく)で、大手が1つでも潰れることによる負の連鎖を懸念されているんです。ですから、笠倉さんの会社も助けるし、その一方で業務の拡大が頭打ちになっているベンチャーにも元気になってほしい、というわけです」

小山が立て板に水で、でたらめをまくしたてる。

「つまりですね、笠倉さん、あなたが心配しなくても榊さんは今回のディールで、十分リターンを計算されているんです」

サルはゆっくりうなずいた。

不意に笠倉社長がハンカチを取り出し、目元を拭(ぬぐ)う。泣いているのだ。

「ありがとうございます」と何度も頭を下げる。再び土下座しようとするのを2人で制した。

それから何枚かの契約書を交わした。その間、サルはほとんどしゃべらず、何を訊かれても生返事しかできなくなっていた。頭の中で疑問が渦巻いていたからだ。

そうだ。このディールのリターンはなんだ？　どう考えても、うちのチームの完全な持ち出しで、多額の損失を出すのは確実だ。

だがその反面、サルはどこかで納得していた。

わしが睨んでいたとおり、このチームは単純なベンチャー転がしを目的にしていない。事実、大将はこのミッションで「新たな局面を迎える」とも言った。

笠倉社長に書類の説明をしている小山と目があった。もうすぐわかる──。その目はそう語っているようだった。

小山とともにグッドネットを出ると見慣れたプリウスが止まっていた。クラクションが鳴る。ウインドウが降り、堀井が顔をのぞかせた。

「僕は例の場所で今日のディールの処理をしてくる」小山は堀井にそう告げると、タクシーを拾い、走り去ってしまった。

なるほどな。サルは直感した。行きの車のなかで小山がやたらと饒舌だったのも、この奇妙なミッションを任せたのも、わしを試していたわけか。たぶん、わしは最終試験に合格したのだろう。だから大将がわざわざ出迎えに来たのだ。

「少しドライブでもするか」

堀井はサルに後部座席に座るよう促し、車を発進させた。プリウスは不思議な車だ。その派手なデザインと裏腹に、渋谷の雑踏から松濤のような高級住宅地、もしくは大手町などのビジネス街まで、どの風景にも自然に溶け込む。チームでは移動用に1台キープしていたが、最近ではもっぱらターゲットの張り込みにサルが使っていた。

「よくやったな」堀井がねぎらう。サルは肩をすくめてみせた。そういえば後ろに座るのは初めてだ。

「さっそくだが、シンキロウのカード、出してくれないか？」

キャッシュカード1枚、それに黒いクレジットカード2枚を堀井に返した。

「残念だったな」皮肉っぽく声をかけてくる。

「まあな」とうなずいた。このまま持ち逃げすれば銀行預金とカードのキャッシングで2000万円近くにはなったはずだ。

堀井は万が一のため、それをサルの労働に対する報酬、そして何より口止め料として機能させるつもりだったのだろう。ケツをまくるならそれを持ってシンキロウ（蜃気楼）のように消えろ、というわけだ。

サルはネクタイを緩め、ひとつ大きく息を吐いた。返却を求めたということは、わしをようやく正式メンバーとして扱い、チームの真の目的を教える気になった、つまりはそういうことらしい。

黙っていると堀井が「代わりに」と封筒を投げてよこした。中には〈ヒロノ・エツオ〉名義のごく普通のキャッシュカード、クレジットカード、さらに健康保険証まで入っていた。

「中身は期待するな。額は１００万とちょっとだ。もうこれまでのように金のかかるミッションはないから、それで十分だろう」

堀井によれば使っていない休眠会社があり、自分を含めたメンバーはその社員として税務処理などを受けているという。「サル、おまえも登録しておいた。休眠会社が保有するいくつかの資産をお前の名義にしておいたから定期的に10万単位で金が入ってくる。健康保険料もその口座から自動的に引き落とされる」

「サル」堀井がハンドルを切りながら語気を強めた。

「逃げるチャンスは与えてきたし、労働の対価もあらかじめ渡しておいた。それでもおまえは残った。それはおまえの意志だよな」

ルームミラー越しに視線が刺さってくる。

「今後は僕の命令したことには絶対に従ってもらう。勝手に逃げることも許さない。わかっているよな」

サルは返事の代わりに新しいカード類を鰐革(わにがわ)の財布にしまった。

逃げやしねえし、裏切りもせんよ。そのとおりだ。わしはわしの意志でいま、ここにいる。

堀井たちがやろうとしていることをサルは最後まで見届ける気になっていた。

この「物語」はわしのもんじゃねえ。わしは多少かかわり合いを持ったといえ、しょせん部外者だ。それでも、だからこそ、こいつらと一緒に結末を迎えてやる——。

タマキンレーダーがさっそく反応してやがる。ヤベー、チョーヤベー、ニゲロ、モウカワルナ。玉の裏がヒュンヒュンしてる。なのに、あらがえない。わしは堀井が放つ強い魅力にいつの間にか惹きつけられてしまっている。やつの中に巣喰(すく)う悪のにおいにすっかり酔ってしまったのだ。

プリウスが信号で止まる。保母さんに連れられた園児たちが手を上げて横断歩道をわたる。1人が駆け出した。それにつられてほかの児童も歩道まで走る。

「子どもに暑さは関係ないんだな」堀井がつぶやく。「なあ。悪貨は良貨を駆逐する。知っているか？」

「知らん」

「グレシャムの法則だ。悪貨の『貨』とは、通貨や金貨の『貨』だ。いいか、たとえば10万円の金貨があるとする。金自体の価値が1グラム2000円と仮定しよう。そうすると単純に考えれば、その金貨には50グラムの金が含まれていることになる。ところが誰かが抜け駆けをして、30グラムしか金が含まれていないものを10万円金貨として流通させてしまったらどうなる？」

「30グラムでの作り手はぼろ儲けだな。わしだったら早めに50グラムの入った金貨をかき集めて、金を薄めた金貨をしこたま偽造しちゃる。……なるほどな。世の中にわしの作った偽物が溢れかえれば、本物は消えていく。それで悪貨は良貨を駆逐するっちゅうわけか」

「昔は金そのものが『お金』として流通していた。でも、価値があるものに対しては、いずれそのまがい物が出てくる。そしてそのまがい物は、さらに劣等なまがい物を召喚する。悪貨はさらなる悪貨によって駆逐されながら、どんどん粗悪化していき、最後は金がまったく含まれない『お金』がはびこる。わかるかい。紙幣の誕生だよ」

信号が青になった。堀井がゆっくりアクセルを踏む。

「原則論に照らせば、本来『お金』は誰でも作れる。金さえ含まれていればいいんだからね。ところが国家権力が後ろ盾になって、金の実質価値をまったく帯びない紙幣に額面価値を担保させるようになった。つまり、『お金』とは独占できるんだよ。いいか、悪貨を作り出して良貨を駆逐したのは国家という権力だ。本当なら誰でも作っていい『お金』を奪った。強いやつが悪貨を作り出す。悪いやつだけが、作り出していいんだ」

再びルームミラー越しに堀井と目が合う。思わず目を逸らした。眼差しの鋭さに気圧されたのだ。

「悪貨は悪貨同士でその悪を競い合い、より悪いほうが勝ち、覇権を握る」

サルは黙って耳を傾ける。

「悪を斃すのは、正義の味方なんかじゃない。より強い悪によってのみ斃されるんだ」

そこまで話すと堀井は静かな口調にあらためた。

「僕たちのチーム名を教えよう。チーム〈AKKA〉というんだ」

AKKA――。悪を斃す、悪。じゃあ、わしらが駆逐する「悪貨」とは何だ？　ビットバレーの連中か？　違う。本丸は別にいる。サルは自分の股間に目をやった。

タマキンレーダーがかつて経験したことがないほど震えていた。

プリウスは市谷を走っていた。

サルは流れていく街並みを見ながら、この1ヶ月間、チーム・AKKAで自分がこなしてきた任務の意味を反芻(はんすう)していた。

わしらがやっていたのは、本来優良なＩＴベンチャーを次々とぼろ企業にすることだった。また時に分裂させ、新規の同種企業を量産した。そして今日のミッションでは、そのぼろ企業を助けて優良企業のように飾りつけた。鉄くずに金メッキを施し、まがい物に仕立てたわけだ。

世間はＩＴブーム熱に浮かされているが、チーム・ＡＫＫＡによってその相当部分が密かに腐りだしている。

では、その先に待ち構えているのは何なのか。

ふと頬に風を感じた。

ドライバーズシート側のウインドウが開いていた。

「見ろ、釣り堀がある。なあ、大物釣りのコツを知っているか？」堀井が言う。

「撒(ま)き餌(え)じゃろ」

子どものころ親に連れられてよく船釣りをした。大物を狙うときは針に死んだ小魚をつけた、いわゆる付(つ)け餌(え)を垂らし、その周辺に冷凍のオキアミを撒き餌としてばらまく。やがてオキアミ目当てに小魚が集まり、その小魚を狙って大物もやってくる。大型魚が近づけば当然小魚の群れは逃げ出す。すると大物は取り残されている付け餌に喰いつく。付け餌、つまり死んだ魚が1匹だけ漂っていても大物は見向きもしない。経験的にそれが人間の罠だと知っているからだ。騙されるのは生きた小魚がたくさんいるときだけ。だから撒き餌が必要になる。

「あっ」サルは思わず発した。「今日は付け餌を作ったんか。撒き餌はわしらがガタガタにしたぼろ企業ってことか。そうして仕掛けを巡らせといて、誰かを針に喰らいつかせるつもりなんやな」

「そのとおりだ。グッドネットは付け餌の1つだ。現在、インディペンデントで大手資本の入っていない主だったIT企業は、僕たちの手でほとんど弱体化させた。おまえの言うとおり、弱体化したぼろ企業が撒き餌としてITブームを支えている。ご名答だ」堀井が満足げにうなずく。

「いいか、サル。ベンチャーを上場させれば莫大(ばくだい)な金が転がり込む。いまIT市場にはそれを狙った大物たちがわんさか集まってきているんだ」

プリウスは大手町のビル群の間に入る。堀井はウインカーを出し、手馴れた感じで路肩に止めた。そばには真新しいビルがそびえている。堀井がうしろを振り向く。

「だが付け餌に喰いついてしまえば、上場させるのは容易ではない。立て直しのために余計な金がかかるだけだ。それを繰り返せば大企業でもキャッシュフローの余裕がなくなり、経営基盤が危うくなる」

わしらが、いや、チーム・ＡＫＫＡが狙っとるのは、グッドネットのような会社を何社、何十社も喰わせなければどうもならん相手ということか。何ともいえない寒気が背筋のあたりを這い登ってきた。

堀井が外のビルを指さす。

看板に目をやって気づいた。〈株式会社ＬＩＧＨＴ通信〉の本社ビルだ。

創業8年で店頭公開したＩＴ業界の巨人。グッドネットのようなベンチャーとはものが違う。携帯電話の販売代理店〈ＬＩＧＨＴショップ〉を全国展開し、年間売上高は３０００億円。間もなく東証二部を飛び越し、一部上場を予定――。

サルは先日読んだ週刊誌記事を思い出した。〈上場すれば、このＩＴブームで時価総額はたちまち5兆円を超え、弱冠34歳の創業社長の資産は３兆円になる〉桁違いのスケール。名実ともに日本を代表するＩＴ企業だ。

「ここに用があるんか？」

「あれだよ、サル」そう言って堀井はあごをしゃくる。

「ま、ま、ままま」

まさか、という言葉が出てこなかった。

「そうだ。僕たちが釣り上げようとしている会社だよ」

「う、う、ううう」

嘘という言葉が出なかった。

堀井が意に介さず続ける。

「ＬＩＧＨＴ通信、その社長、景山照栄だ」

大物どころじゃねえ。鯨(くじら)じゃ。サルは堀井の顔をもう一度まじまじと見る。

鯨を針一本で釣り上げる、そう言ったのだ。

# 第3章　裏切り

## ハリガネムシ

ルームミラーには困惑しきったサルの表情が映っていた。堀井健史は車のシートを少し倒して、真新しいインテリジェントビルに視線を向けた。ＬＩＧＨＴ通信の本社ビル。最上階にやつはいる。

よお、健史ぃー。甲高くざらついた声で、景山照栄は堀井を馴れ馴れしくそう呼んだ。アルマーニをさっそうと着こなす姿は一見すればいかにもＩＴ企業の創業者らしい。だが、あの目は特別だ――。せわしなくビルに出入りする社員らを眺めながら堀井は思う。ガラス細工のように無機質で、感情が一切にじまない目。冷徹で無慈悲な捕食者の目だ。カマキリのようだったな。景山の精悍な顔つきを脳裏に浮かべる。実際にカマキリがカマキリを飼っていたのだから世話はない。あれからもう4年近くが経つ。

★

その日、景山が2度目の融資話を持ちかけてきた。

LIGHT通信の社長室からは丸の内のオフィス街や皇居が見渡せた。

目の前に座る景山がこちらを黙って見据えている。

堀井は時おり外に目をやった。

未公開株30％を担保に受けた1度目の融資は、業務拡大を順調に遂げた1年後には利子も含めて返却、株も回収していた。

そして今回、LIGHT通信は一気に30億円の融資を提案してきた。3年前に起業した堀井と小山の会社〈オン・ザ・エイジ〉の年間売上はまだ3億円に満たない。つまり、30億円でLIGHT通信の傘下に入れ、そう言ってきたのだ。

これが、会社を売れ、という話なら喜んで応じただろう。30億あれば、いまより大きなオフィスを新たに構えられるのだから。

だが提示された内容は、あくまで堀井と小山率いるオン・ザ・エイジがLIGHT通信傘下に入ることが第一条件になっていた。当然、オン・ザ・エイジが創生したサービスもソフトも、親会社LIGHT通信が押さえることになる。

景山の申し出はとうてい受け入れられるものではなかった。

しかし、そのとき、堀井の頭の中では画期的な検索エンジンの構想が固まっていた。30億円あれば、そのプロトタイプ（雛型）が開発できる――。そう考えると簡単には席を立てなかった。

オン・ザ・エイジの売上は、来年、再来年と倍々で伸びていくだろう。その自信はあった。しかし、それから開発に着手するというのでは遅すぎる。ＩＴ業界はスピードがすべてだ。

堀井は確信している。構想している検索エンジンは間違いなく画期的だが、いま、この瞬間、まったく同じアイディアを持った人間が必ずどこかにいる。競争相手はインターネットで網羅された全世界なのだ。ライバルは見たことも聞いたこともないどこかの国の、小さな街角の、ぼろいガレージの中にいる。30億円を手にしたほうが覇権を握るのだ。

「健史、どうだ？　俺の下で目一杯暴れてみねえか？」

短く切りそろえられたひげをさすりながら景山が言う。

堀井は唇を噛んだ。

金は欲しい。が、それと引き替えに自由を手放すこともできない。自由な意思がなければＩＴの世界を勝ち抜くのは不可能だ。思い立ったらリスクをかけてでも突っ込む。そのためには誰の制約も受けない企業体質を維持する必要があった。大手の傘下に入る。それは負けを回避し、勝ちを捨てることに等しい。

どうすべきか。堀井は激しい葛藤のなかで思わずため息をもらした。東京駅に向かう車列のテールランプがさっきよりずっと鮮明になっている。いつの間にか日がすっかり暮れていた。

「まあいい、健史。これから少し時間あるか？」

景山が不意に両腿をぽんと叩いて立ち上がった。

「俺のマンションに来ねえか？」

景山の自宅は渋谷の南平台にあったが、ジャガーが向かった先は西麻布だった。

「俺の隠れ家だ」

各階1世帯、5階建ての瀟洒なマンション。エントランスにはオレンジ色の照明の下で観葉植物が静かにたたずんでいた。

5階でエレベーターを降り、景山がドアに鍵をさす。「見せたいものがある」

部屋に足を踏み入れると、妙に生ぐさいにおいが鼻を突いた。堀井は目を見張る。50㎡はあるダイニングのいたるところに大小さまざまな飼育ケージが並べられ、蛍光灯や白熱電灯が灯されていた。中で何かがうごめいている。

「虫だよ、虫」景山が悪戯っぽくほほ笑む。「本当は自宅で飼いたいんだがな、娘が生まれたばかりだし、嫁さんも気味悪がるんでここで世話をしてる」

西麻布の高級マンションの住人が愛人でなく虫とはね。なんともこの男らしい。堀井は肩をすくめた。がさがさ音がするケージを覗き込むと、無数の黒光りする昆虫がひしめいていた。思わず後退る。

「そりゃあ餌用のコオロギだよ」

1匹つまみあげると目で隣のケージを指した。そこには網のようなものが張り巡らされていた。

「こっちにはクモを飼っている」

景山は無表情でコオロギをクモの巣に落とした。音もなくクモが駆け寄ると、あっという間に糸でがんじがらめにし、8本の足でコオロギを抱きかかえる。

「クモは餌に吻を突っ込んで、中身を吸うんだ。ほら見ろ」巣の下には抜け殻のようなコオロギが何体か転がっていた。

「こいつより……」景山は別のケージから1匹のカマキリをつまみ上げ、堀井の目の前にぶら下げた。「ハバヒロカマキリだ。カマキリの中でもとびっきり獰猛だ」

カマキリは自分の首をつまんでいる景山の指にカマを突きたてようと、激しく身をよじらせている。

景山はオーク材のテーブルにそっと乗せて、コオロギを差し出した。両のカマが飴色の体を押さえつけ、大顎が腹をえぐる。暴れれば暴れるほどカマは深く喰い込み、全身から緑色の体液が浸み出した。ほどなくして、コオロギは生を断念したようにおとなしくなる。カマキリは一心に貪り、腹をたいらげたあとは頭を丸かじりにした。2本の太い足だけがころりと転がる。

胸のあたりが不快にざわつく。堀井は思わず顔をしかめた。悪趣味だ。

景山はバーボンのボトルとクリスタルグラス2つ、そしてミネラルウォーターをカマキリの食卓となったテーブルに置いた。カマキリはカマについた体液を丁寧に舐めている。

景山もグラスにバーボンを無造作にそそぎ、舐めるように口に含んだ。

「えぐいもんだろ」指をちらつかせてカマキリを挑発する。

どっちがだ。カマキリか、あんたか？　堀井は腹の中で毒づいた。

「カマキリは昆虫のなかでも飛びぬけて獰猛だが、とくにこいつはひどい」

そう言って景山はもう1つのグラスにミネラルウォーターをそそぐと、割り箸を取り出してカマキリに向けた。即座にカマではさみ、大顎で喰らいついてくる。景山は割り箸ごとカマキリをミネラルウォーターに沈めた。それでもカマキリは離れようとしない。

しばらくして、水中から引き上げる。

「ここからだ。よく見ていろよ」

カマキリはぐったりしている。だが水につけられたせいではなさそうだ。何度かけいれんを繰り返したあと、尻から黒い糸のようなものを出す。ウニョウニョ動いているそれはどうやら生き物らしく、カマキリの尻から這(は)い出していた。黒い糸がくねるたびにカマキリはさらに生気をなくしていった。それはやがて長さ10センチほどで途切れ、カマキリの尻からぽとりと落ちた。

その後さらに2匹出てきてテーブルの上でのたうちまわっている。

「ハリガネムシという寄生虫だよ。外にいる野生のカマキリにはたいていこいつが体内に棲(す)みついている。こいつのように2、3匹いるやつは珍しいけどな」

景山がバーボンをすすめてきたが、堀井は首をふって断った。

「こいつは水生の寄生虫で、水につけると産卵しようとして出てくるんだ。水中で孵化(ふか)したハリガネムシの幼虫をボウフラや小魚が飲み込む。これが第1次寄生だ。その小魚を捕食したヤゴはやがてトンボになってカマキリに喰われる。ボウフラが成長した蚊(か)もカマキリの好物だ。そうしてハリガネムシはカマキリを宿主にする。消化器官に巣喰(すく)い、栄養をむさぼり取って、この成虫になるわけだ」

カマキリはぐったりしていた。先ほどのように指をちらつかせるが反応しない。コオロギを差し出しても食べるのさえ億劫らしく目もくれない。

「このまま喰わずに死ぬこともある」景山が笑う。

「なあ、健史。カマキリはこのハリガネムシを大きくするため何にでも喰らいつくんだ。いくら喰ってもハリガネムシに栄養を取られ、腹が減ってしょうがないからな。ハリガネムシを失ったカマキリは一転して飢えから解放される。だが同時に獰猛でもなんでもなくなり、ほかの動物に喰われるんだ」

景山は右手で拳を作ってみずからの腹部を叩いた。反動で左手のバーボンがこぼれる。

「トップに立つ男はハリガネムシをここに飼ってんだ、巣喰ってんだ。だから、喰いたくて喰いたくてしかたねえ。手当たりしだい喰らう。喰えば喰うほど腹が減ってくる。決して満たされることはねえ。満足もしねえ」

今度は堀井の腹をどんと突く。一瞬息が止まって咳き込んだ。景山がかまわず続ける。

「健史、おまえの腹にもハリガネムシはもう棲みついてるぜ。まだ小さいが、小さいからこそデカくなろうと激しく餌を求めるだろう。おまえはその欲求を拒否できない。喰えるもんはみんな喰らうしかねえんだよ。わかるか。ハリガネムシを失ったら終わりだ。誰かの獲物になっちまう」

体外に出たハリガネムシはすでに動かなくなっていた。黒くて細く、まっすぐなその姿はシャーペンの芯によく似ていた。景山によれば、もっと乾燥するとカチンカチンになり、それがハリガネのように見えるところからその名がついたという。

動かなくなったハリガネムシを1匹、景山がグラスに入れる。すると再び泳ぎ出した。

「こいつらはこうして何年でも生き続け、水に触れればすぐに復活する。なかなかくたばらねえんだ。だから、こいつらを殺すには」ハリガネムシごと水をグイとひと息で飲み干した。そしてぷはぁあと声を出す。

「こうして、クソにしてやるか」口許を拭いながらライターを取り出し、テーブルに横たわっているハリガネムシに火をつける。乾いたハリガネムシはねずみ花火のように、パチパチと勢いよく爆ぜながら燃えた。

「おもしれえだろ。ガキんとき燃えるハリガネといって、連れをよくからかったもんさ」

景山の顔が笑みでいっぱいになった。ただし、目は違った。決して笑わないカマキリのような眼差しを向けてくる。

堀井はバーボンをひと口含んだ。アルコールが食道を伝っていくのがわかる。胃袋に熱がともる。それがせりあがってきて、頬が紅潮した。

新しい検索エンジンは必ず世界に通用する。それは、いま、ここことは違う「世界」に自分を連れて行ってくれるはずだ。

頭を下げて融資を受ければ、プロトタイプ開発のめどは立つ。しかし景山の部下たちのように、この男に忠誠を誓い、身を粉にする気はさらさらない。会社の規模には雲泥(うんでい)の差がある。だからこそ景山とは常に対等でいたかった。一度、負けを認めれば、二度と勝つことはできない。自分がすごいと認める男だからこそ敗北は許されなかった。

堀井が口を開く。

「あんたの言うとおりだよ。僕のなかにもハリガネムシは巣喰ってる。30億円を恵んでもらえばハリガネムシが這い出てくるだろう」

力を込めて景山の視線を受け止めた。

「わかった、わかった。30億円でおまえらを買おうとしたが、あきらめた」

景山はあっさりと両手を広げた。

「じゃあ、こうしねえか。30億は出せないが、10億円でどうだ。それならCB（転換社債）でいい。オン・ザ・エイジがCBを発行し、それを購入するかたちで融資してやるよ」思わぬ申し出に堀井は身構えた。

社債とはその会社が発行する借金手形のようなものだ。CBはその一種で、債券（借金手形）の購入者がそれを株式に転換できる権利が付されている。つまり、債権者（購入者）は普通社債のように現金で償還（返却）させたほうがいいか、株式に転換して市場で売ったほうがいいか、状況に応じて利益の高いほうを選択できるのだ。一方、債務者は株価を上昇させれば現金による償還を免れ、キャッシュフローが楽になる。ただし、株価が下落すれば現金償還を余儀なくされるため、一気に倒産ということもありえた。

コオロギの入ったケージが再びがさがさ音を立てる。景山はコオロギをまとめてつかみ上げると、ダイニングに並べられたケージの中に落としていく。

堀井はその光景から目を背けるように再びバーボンを口に運んだ。

背中を向けたまま景山が言う。

「おまえの会社、１年後には最低でも二部上場か、それが無理なら店頭公開してもらうぞ。まあ、そのためのあれこれは俺がお膳立てしてやるから心配するな。うちの斉藤が言っていたが、オン・ザ・エイジなら40％の株式を交付すれば、10億円分のＣＢに充分なりえるそうだ」

斉藤とは元山河証券のやり手営業マンで、ＬＩＧＨＴ通信のファイナンス部門を統括している男だ。堀井も何度か会っていた。なるほど、しっかりリサーチ済みというわけか。30億の融資で傘下に入るならそれでよし、応じなければＣＢで儲ける。はなからそういう腹積もりだったらしい。10億円を稼ぎ出す自信があるかどうか、景山は見極めようとしているのだ。

ふん、と鼻を鳴らす。

わけはない。僕らがやっている、やろうとしている仕事はそんなもんじゃない。いずれ100億、1000億になる。完全版とはいかないまでも一定水準のプロトタイプの製作予算として考えれば、10億は充分な額だ。堀井は意を決した。

「わかった。そのかわり、すぐにでもCBを発行できるように段取りをつけるから、そっちもそのつもりでいてくれ」

景山が満足そうにうなずく。

「よし決まりだ。となれば、これは純粋な投資になる。おまえらの会社が株式公開したときに高値を付ける、そんな有望なIT企業になってもらわなくちゃ話になんねえ」

公開した株価が高値をつければ、それを売り出して回収する。その場合、10億円では話にならない。少なくとも数億の利ざやが出るようにしろ、というわけだ。

「その前に倒産しやがったら、そんときは健史、おまえを切り刻むか、保険でもかけて殺してやるよ」

涼しい顔で言う。あながち冗談にも聞こえなかった。

「十分、儲けさせてやるさ。あとはあんたがそれで満足するかどうかだ」

「頼むぜ、健史よぉ」景山はハリガネムシごと飲み込んだグラスにバーボンをドボドボそそいで堀井の前に差し出した。「乾杯だ」

「ああ、乾杯だな」グラスを受け取り、飲み干す。

バーボンが胃の中で焼ける。欲望に身を焦がすようだ。堀井はそう思った。

## 夢の一歩手前

サルを迎えに来た堀井と別れたあと、小山完はタクシーを拾い、渋谷区桜丘町にある雑居ビルに向かった。桜丘町は渋谷界隈のＩＴベンチャー企業が集中している地区で、ビットバレーの中心地だった。

だが、その雑居ビルにＩＴ企業は入居していなかった。１階はアダルトビデオショップ、2階、３階には業態のはっきりしないオフィスが構えられていた。

小山は４階まで階段を上がり、角部屋を解錠する。室内にはパソコンの置いてあるスチール製デスクが１つ、あとは金庫、そして小さな棚に書類があるだけ。オフィスというにはあまりにも殺風景だった。

あの駒場北寮が前線基地とすれば、ここは後方の兵站(へいたん)基地だった。チーム・AKKAが作ったペーパーカンパニーの書類や社判などは、すべてここに保管している。小山は今日、グッドネットとコンサルティング契約したペーパーカンパニーの社判を取り出し、いくつかの書類に押印(おういん)して、パソコンで手早く入金手続きを行った。

携帯電話を確認した。堀井から何もメールが来ていないということは、サルとの打ち合わせもうまくいったのだろう。

「ようこそ〈ネクサスドア〉へ。広野くん、きみはいまここの社員になったんだ」独り言をつぶやく。「幽霊会社の幽霊社員だよ」とも。

そして、ひとつ大きなため息を吐いた。

本当なら、そう本当ならここは……。

あれからもう2年経つのだ。

★

オン・ザ・エイジが店頭公開して1年。すべては順調に進んでいる、小山はそう信じていた。

ふー。ソファに座って息を吐く。難航していた大きな商談が昨日やっとまとまった。午後のやわらかな陽が差す社長室は、休日ということもあってことのほか静かだ。小山はしばらくまどろんだあと、社長椅子に移って机上の整理をはじめた。連日の激務でろくに片付ける余裕もなかった。必要な書類、不要な書類を選り分けていく。ふと、１枚のざら紙を手にして動きが止まった。殴り書きされた図式。以前、堀井が新しい検索エンジンの構想として記したものだ。

小山は目を細める。ＬＩＧＨＴ通信から2度目の融資10億円を受けたのが2年前。堀井はそれを足がかりに驚くほど短期間で検索エンジンのプロトタイプを完成させた。そして、ついに僕たちは検索エンジン開発に本格着手するところまできた——。もうすぐ夢が実現する。

もともと検索エンジンはオラクルのデータベースソフトを組み込んだサンのサーバーを何十台かつなげば簡単にできる。というより、情報を管理し、簡単に呼び出せるからデータベースサーバーと呼ぶのだ。問題はそれが非常に高価ということだった。中古でも50万円台、最新マシンなら軽く２００万円、３００万円はする。しかも何十台もつなげば、１台あたりにかかるオラクルのライセンスフィーだけで何百万が吹っ飛んでしまう。

何よりＩＢＭが中心となって開発してきたデータベースシステムは会社単位の情報処理向けに作られたマシンであり、何十台とつないで使用することを前提としていなかった。

1億人総ネット時代が到来すれば、同時に何百万というアクセスが殺到する。それに高価なシステムで対応するのは、水をくむのに、バケツではなく陶器を使うようなものである。ネットに最適化した安価なサーバーシステムを使った検索エンジン――その実現こそが2人の夢だった。安価にするにはサーバーをPCで代行すればいい。簡単に言えば5万円程度のパソコンを何十台、何百台、何千台と並べてネット専用のデータ処理システムを作ればいいのだ。

発想自体は単純である。だが、誰もやらなかったのには理由があった。

80年代から急速に普及してきたPCにはサーバーとして使えるだけの機能がなかった。端末自体に情報処理をさせる機能など必要ないとされてきたからだ。PCはその名のとおり個人向けの端末に過ぎない。それをいくら並べたところで、サーバーにはなりえなかったのだ。

その事情を一変させたのは91年からはじまった「リナックス革命」である。

ヘルシンキ大学の学生だったリーナス・トーバルズは当時、サーバーを動かすOSとして急速に普及していた〈ユニックス〉をモデルに、PC向けのOS〈リナックス〉を開発した。ユニックス同様、オープンソースとなったリナックスは世界中のプログラマーによって改良が加えられ、90年代半ばにはPCをサーバー化できるまでに進化していた。

「大艦巨砲主義から航空母艦主義への大転換みたいなもんさ」とは堀井のたとえだ。

オラクルのデータベースソフトを組み込んだサンのサーバーは、言うなれば巨砲を積んだバトルシップ（戦艦）。優れた情報処理システムというのは強力な戦艦や巡洋艦を何隻も並べた艦隊であるべき、という考えが依然幅を利かせていた。

それに対して「航空母艦」を中心とした艦上戦闘機で対抗しようというのが堀井の発想だった。

リナックス革命はただの戦闘機を艦上戦闘機に変えることに成功した。残された課題は、艦上戦闘機を短い距離で離発着させる環境作りだ。

「艦上戦闘機はできた。あとは僕たちが航空母艦を作りだせばいい」堀井はそう息巻いた。

2年前にＬＩＧＨＴ通信から受けた10億円の融資で、ＰＣ１０００台をつないだシステムは構築ずみだった。

もちろん、この程度の規模では検索エンジンとしての実用にはほど遠い。しかし、広告用の配信システムとしては十分な成果を出していた。例えばネット上の広告にアクセスし、質問に答えるサイトに導入すれば、自動的に、年齢、性別、名前、住所など、あらゆるデータを細分化して高速処理できる。非常に便利なマーケティングツールになるうえ、特定のターゲットに向けた直接の広告配信も可能になる。汎用型サーバーでも同様のパフォーマンスを展開できるが、コストがかかりすぎた。

小山は机上の隅に積まれたクライアントからの発注書を1枚1枚確認しながら、ファイルに収めていく。堀井がプロトタイプを完成させると、2人でネット広告会社に出向いて連日プレゼンテーションに明け暮れた。低コストの広告配信システムは歓迎され、瞬く間に注文が殺到するようになった。

10億円の開発資金は苦もなく回収でき、景山の後押しもあってオン・ザ・エイジは無事に店頭公開も果たした。いまや年間売上60億円にせまる勢いだ。

だが、堀井の言葉を借りれば「こんなもの、まだ航空母艦もどきにすぎない」ということになる。「ここまでなら、誰でもやるし、やろうとも思うだろう。実際、僕たちだって10億程度の予算でできたんだから。問題はこの先だ」と。

そう、この先は大げさにいえば「狂気」が求められるのだ。

PCを1000台程度つなぐのは、その辺の倉庫を借りればなんとかなる。だが1万台、10万台とつなぐとなれば空間もそうだが、PCの消費電力や、PCを冷却する装置なども桁違いのスケールになる。もちろん、投資額も半端じゃなくなる。失敗すれば、せっかく大きくした会社も木っ端微塵だ。

どこでPCを安く買うか、それとも台湾あたりで安く作らせたほうがいいのか。電力の安い地域を優先させるべきか、通信インフラが整っている環境を優先させるべきか。故障したときの代行機能をどうするか、効率のいいメンテナンスはどうすればいいのか。

巨大なシステムを構築するには、こうしたパッケージ力と運用力が必要になってくる。その原動力となるのが、狂気じみた思い込みだけなのだ。

「信じ切ることだ。僕たちならできる、その先には必ず未来が開かれている。絶対に世界で勝てる、僕たちが最も優れている」堀井はことあるごとにそう言い、みずからを鼓舞(こぶ)し続けている。

立ち止まれば、負けなのだ。走り出せば走り続けるしかなかった。ゴールを迎える前に倒れるか。倒れる前にゴールを迎えるか――。

小山はファイルを元の位置に戻すと、おもむろに目を閉じた。

プロトタイプを実用検索エンジンのレベルまで引き上げるには当面、現状の10倍規模のシステムを作ればいい。キャッシュフローは潤沢(じゅんたく)だ。何も恐れることはない。あとはまっすぐ進むだけだ……。

目を開き、勢い込んで次は引き出しの中の整理に取りかかった。奥から雑誌がごっそり出てきた。自分の不精(ぶしょう)さに思わず苦笑いする。

〈華麗(かれい)なる転身　東大大学院の情報処理研究者から一躍、資産50億円のＩＴ社長に〉

何気なく1冊をめくると、そんな記事が飛び込んできた。さらに苦笑いが深まる。

店頭公開当初、小山はカリスマ実業家としてマスコミにもてはやされた。それからわずか1年経った今では状況が一変し、その手の話は掃いて捨てるほど転がっていた。もう取材の申し込みもほとんどなく、あのころの喧騒が嘘のようだ。

「先輩、寂しいですか？」

見上げると堀井が悪戯っぽく笑っていた。気づかれぬようにそっと入ってきたのだろう。本来なら取材を受けるのは彼だった。それを店頭公開直前に社長を交代したため、小山はマスコミの前でピエロを演じるはめになった。

堀井がはしゃぐのも無理はなかった。いよいよ、念願の本格着手に乗り出すのだ。

「あと2年。これで世界をとるぞ！」さきほど机上ラックに貼ったザラ紙を堀井が手に取る。「最初の1年でまずは日本を押さえる」

堀井は小山の手から雑誌をかっさらい、記事見出しの〈資産50億円〉の部分にマジックで〈1000億円〉と上書きした。

「大事なのはとにかく先行して、世界に先駆けておくことさ。そうすれば僕たちが勝つ。いまは何より開発に邁進できる企業規模を確保することが重要だ。そこで社長」2人きりのときは先輩と呼ぶ堀井がおどけた調子で1枚の書類を出してきた。「今日、登記してきた」

それは検索エンジン開発用の新会社だった。オン・ザ・エイジの完全子会社で、社長名の欄は堀井健史となっている。

「社名は？」書類から顔を上げる。

堀井は少し照れたように言う。

「ネクサスドアにした。ネクスト・サクセス・ドア。次なる成功への扉だ」

いいね、と口を開きかけた瞬間だった。社長室のドアががちゃりと開いた――。

## だまし討ち

「よう、入らせてもらうぜ」

ＬＩＧＨＴ通信の景山照栄だった。

「ほほう、ここが売上60億を突破しようというＩＴベンチャーの社長室かあ、なかなかいいじゃねえか」

「どうしたんですか、景山社長、突然」小山が戸惑(とまど)いながら声をかける。

堀井も驚いている。彼にも訪問は知らされていなかったようだ。

景山の後ろには４人の男がつき従っていた。１人はＬＩＧＨＴ通信のファイナンスを統括する元証券マンの斉藤だったが、その真後ろに控えている20代と40代とおぼしき２人には見覚えがない。目で堀井に確認すると、手を左右に振った。

小山はもう１人、最後方でのんびり構えている中年男の存在が気になった。どこかで見た顔だ。

「高木ぃ、どうだ、気に入ったか」景山が甲高くしわがれた声を出す。

若いほうの男が「ええ」と口許に笑みを浮かべた。「とても気に入りました」ＬＩＧＨＴ通信の社員らしい。

「景山さん、今日来るなんて聞いていませんよ」

堀井が語気を強めて迫った。

「健史、下手、打ったな」景山が唇の片方を持ち上げる。「油断したんだよ、おまえは。あれほど俺が言ってやったのに、な。だから遠慮はしない。吉村ぁ」

吉村と呼ばれた40がらみの男が小山の前に立ち、名刺を差し出す。ＬＩＧＨＴ通信の顧問弁護士だった。

「今回、御社を訪問させていただいたのは、ＬＩＧＨＴ通信が取得していたオン・ザ・エイジ株35％相当のＣＢを株式に転換したこと、そしてＬＩＧＨＴ通信が御社にＴＯＢ（株式公開買付け）をさせていただくこと、この2点のご報告のためです」

小山は絶句（ぜっく）した。敵対的買収に出ると言っているのだ。堀井を見る。顔色を失い、硬直していた。

景山が部屋の隅に立っている中年男を紹介した。

「こちらはだな、山村宏明さん。名前くらいは知っているだろ。いまは山村ファンドの代表をなさっている」

「出来たばかりのファンドですが」小山と堀井に名刺を渡してくる。

「今日、こちらにうかがったのはですね、私の独立記念として、とてもいいお話があると景山さんから教えてもらったからなんですよ」

山村宏明――思い出した。去年、経済企画庁のキャリア官僚を辞めてファンドマネジャーに転職し、その歯に衣着せぬ発言でマスコミを賑（にぎ）わせていた人物だ。

「山村さんは、な。オン・ザ・エイジが非常に有望なIT会社だと高く評価していて、株を買っていたそうなんだ」

「オン・ザ・エイジさんに出資していた企業にお願いして、ほぼすべて譲っていただきました」

「じゃあ、20％近いじゃないですか！」小山は怒鳴る。

「正確には18％となりますね」

「山村さんはファンドマネジャーだ。顧客から大切なお金を預かり、それを殖やすのが仕事だ。当然、オン・ザ・エイジの株を取得したのは経営参画のためでなく、純粋な利益獲得のためだ」

山村はゆっくりうなずく。「ですので、私の持ち分18％を売りに出そうと思っているのです。一番高い値を付けてくれた方にお譲りします」

景山がニヤつく。「まあ、そんなわけでな、健史、それと小山。俺が裏でこそこそ買うのはフェアじゃあない。だから、おまえらに最後のチャンスをやろう、と山村さんにわざわざご足労願ったというわけだ」

小山は景山を睨みつけた。新型検索エンジンの開発に本格着手したいま、株を大量に買い戻す資金など、逆さに振っても出てきやしないのだ。景山はそれを知って、僕たちをいたぶっている。

「どうするよ？　うちの条件はな、おい、斉藤」

斉藤が応じる。

「今回のＴＯＢでは10％のプレミアをつけさせてもらいますが、大口売却者にかぎっては30％のプレミアボーナスで対応しましょう」

山村がひゅー、と口笛を吹く。

「要は市場価格の3割増し以上出せるなら、おまえらの会社はおまえらのもんだ。いいか、最後にもう一度だけ聞くぞ。どうする？　金を出せるか」景山があごを突き出す。「ファイナルアンサーだ」

小山は景山から視線を外し、がくっと肩を落とした。堀井も押し黙ったままだ。

「健史、おまえは、30億で俺の傘下に入れという提案と、10億円のCBという2つの選択肢によって、後者なら独立を守れる、そう判断したんだ。だがな、どちらを選ぼうが、選んだ時点でおまえの負けは決まっていたんだ」

景山は一拍置いて口調を和らげた。

「で、どうするよ、健史。こいつの下で働くか？」

景山が高木のほうをあごでしゃくる。この若者がLIGHT通信傘下の新生オン・ザ・エイジの社長になるということか。小山はダークグレーのタイトスーツに身を包む高木を呆然（ぼうぜん）と見つめた。

堀井はゆっくりと首を左右に振り、絞り出すような声で「株はみんなくれてやる」とだけ答えた。

景山が鷹揚（おうよう）にうなずく。

「株式譲渡契約書を出してやれ。できるだけ高値で買ってやれよ」

堀井は何も言わずサインをした。そして無言でオフィスを出て行く。その顔は土気色(つちけいろ)にくすんでいた。

「さて、小山。おまえさんはどうする？　何なら、このまま社長を続けさせてやってもいいぜ」

「どうしてですか、景山さん。なぜこんなだまし討ちみたいなまねを？　われわれはうまくやってきたはずです。僕らに期待してくれていたんじゃないですか？　近い将来、CBは何十億の宝の山になる。ついこの前までそう言ってくれてたじゃないですか。いま、堀井が去ればすべての計画はストップします。このオン・ザ・エイジだって、そこらへんに転がっているただのIT企業の1つになるだけです。どうか、お願いします。どうか、考え直してもらえませんか」

「ダメだな」景山は冷たくはねつけた。「それが約束だ」

約束？　言葉の真意を図りかねたが、それより会社の乗っ取りだけを目的にしたような景山の行動が不可解だった。金儲けを企むなら堀井を追放しては元も子もない。それは景山自身よくわかっているはずだ。そこまでして堀井を潰したかったということか。でもなぜ。

「なんだ、小山。ここで素っ裸になって、俺に抗議でもするか？　会社を乗っ取るより、いまのままのほうが断然儲かります、あなたは間違っています、と」

――涙が出そうになった。裸になって抗議する。小山は過去に一度だけ実際にそれをやったことがある。

小学生のときだ。自宅から持参した経済誌を休み時間に読んでいるのを教師に見咎められ、没収された。もちろん娯楽のために持ち込んだのではなかった。自分の興味のある分野を究めたい。その一心だった。校則では確かに教科書以外の書物の持ち込みは禁じられていた。だが、あまりに硬直した教師の対応に小山は怒りを抑え切れなかった。気づくと衣服を脱ぎ捨てていた。そして委細かまわずわめきちらした。

学生時代、寮で同室だった堀井に酔っ払った勢いでその話をしたことがある。堀井は内輪話をぺらぺら口外する男ではない。それだけ景山を心から信用していたのだ。それなのに裏切られ、夢を奪われた。その心情を察すると、自分自身のこと以上に胸が痛んだ。

「あなたは……」

言葉に詰まった。言いたいことがありすぎて何も言えなかった。

吉村から奪うように譲渡契約書をひったくると、殴り書きでサインした。

「小山、わかっていると思うが、これは健全な社長交代だからな。新しい会社を作るにせよ、金がいるだろう。欲しければ余計なことはしないことだ」

拳を握りしめてうなずく。いずれにせよ、金は確保しておく必要がある。

「彼には残ってもらった方が」斉藤が言う。

「いや、いいさ。だまし討ちで会社を奪ったんだ。その右腕まで横取りするほど俺はごうつくばりじゃねえ」

社長室を出ようとすると景山に呼び止められた。

「おい、忘れもんだ」

今日、登記したばかりのネクサスドアの登記簿だった。

「その会社はやるよ。退職金代わりだ」

受け取ってドアを開ける。

「殴られて痛かったら、殴り返せばいい。奪われて悔しかったら、な。奪い返せばいい。健史に言っとけ、俺は待ってるぜ、逃げも隠れもしない」

★

あれから2年ですか。待たせましたね、景山さん。もうすぐですよ。うちの堀井がごあいさつに行くのは。

小山は殺風景なネクサスドアで独りごちる。

「幽霊会社の幽霊社員を引き連れて、ね」

## お座敷キャバクラ

ＬＩＧＨＴ通信の本社ビルをしばらく眺めたあと、堀井はプリウスを再び走り出させた。外苑通りに入る。サルは相変わらず黙っていたが、六本木交差点で止まっているとようやく口を開いた。

「わしがＬＩＧＨＴ通信にびびっているのは、何もでかい企業だからじゃねえ。あの男、景山照栄はただの社長じゃないからだ。正直、わしは怖いんよ。ええか、大将。あの男とあんたの間に何があったかは知らんが、舐めてかからんほうがいい。これまではめてきた連中と同レベルと思ったら、こっぴどくやられる」

さすが危機察知能力に長けたサルだ、よくわかっている。堀井の口許が自然と緩む。

「大将、あんたは知らんと思うが、景山はの、渋谷のカラーギャングの元祖で、ええか、あの男が渋谷のチーマーを作った、ある意味、不良たちのカリスマなんじゃ」

ルームミラー越しにサルを見た。後頭部をぼりぼり掻いている。確かにそれは初耳だった。

サルによれば、渋谷に20店舗以上のＬＩＧＨＴショップがあるのは景山が渋谷のギャングたちに強い影響力があるからで、彼らを率先して店長に抜擢（ばってき）しているためだという。

「今日、小山の師匠が、いまのＩＴ社長の多くはヤンキーに憧（あこが）れていた世代だ、とかどうとか言ってたけど、景山の場合、ヤンキーそのものから裸一貫でビジネスの世界に乗り込んで天下を取った、伝説の男だ。みてみい、ＬＩＧＨＴショップはどこもヤンチャっぽい連中が店員だが、みんな景山の命令には絶対服従する。だからＬＩＧＨＴショップは一気に全国に拡がって携帯を売りまくれたんだ」

再びサルをちらりと見た。的確な分析だ。チーマー、ヤンキー、不良、なんだっていいが、彼らは普通の会社や店舗では扱いづらい人材と言っていい。反面、渋谷や池袋を根城としてきただけに普通の学生より顔が広く、しかも上下関係を築いている。繁華街で展開する若者対象の携帯電話販売にこれほどうってつけの人材はない。だが彼らを働かせるには、学歴や役職などの肩書きでは無理で、ボスが力で押さえ込まなくてはならない。だからメーカー系の携帯ショップは彼らを雇いたくても雇えず、管理もできない。でも、サルのいうところの景山は彼らのヒーローなのだ。景山はそうした不良を好んで雇い入れ、携帯電話販売にこれ以上ない人材を大量に確保できた。しかもいったん、しっぽを丸め、屈服させれば、どんな無理難題を押し付けても従う兵隊となる。実際、業界最強と名高いＬＩＧＨＴ通信の営業部隊は、厳格な上下関係の力学で機能している。サルがびびるのは当然といえば当然だった。単に受験戦争を勝ち抜いたエリートではない。舐めてかかると大火傷は必至(ひっし)だ。

「わかっているさ」

堀井はサルに言った。よくわかっている。なにせ僕は景山と一緒にそういう連中とさんざん飲んだ。そう、この六本木で、だ——。

★

入り口の脇にはひし形をした大きな寄木細工のような看板が立っていた。そこに紫色の電飾で〈花魁(おいらん)〉の文字。

「見るからに怪しげな店名だろう。でも明朗会計だぜ。金の心配ならすんな」

景山がうしろから堀井の背中を押した。ＬＩＧＨＴ通信の社員たち、そして盟友関係にある〈ハードバンク〉の朴一誠社長とその幹部連中が、先にそそくさと入っていく。

タキシード姿の男性スタッフに出迎えられ、大座敷に通された。靴を脱ぎながら青い畳が敷き詰められている室内を見渡す。

小屋組みが露出している天井からは箱型のペンダントライトが何個も吊るされ、40畳はある部屋をピンク色に染めていた。下座に目を転じると壁に沿って棚がしつらえてあり、和洋の酒瓶が並べられている。

〈バランタイン　30年〉〈レミーマルタン　ルイ13世〉〈シャトー・ディケム　1960年〉〈森伊蔵〉……。

これ見よがしに置かれた高級酒の数々。その無節操さに堀井は思わず苦笑いした。おもしろいキャバクラがあると連れられて来たが、こういうことか。

座るなり、和服姿の女性が隣についた。

「アカネ、です」

アップにまとめられた栗色の髪。朱色の飾り櫛が映えている。うなじに残るほつれ髪がなんとも悩ましい。黒目がちな大きな目、少しだらしなく開いた唇。顔立ちこそ幼いが目元のしわからすれば、26、27といったところか。着物越しに胸元が盛り上がっているのが見て取れる。

「ここははじめてですか？」

アカネは堀井の指にみずからの指を絡めてきた。堀井がうなずくと顔を至近距離まで寄せてくる。

「なんでもありのお店ですからね。ご遠慮なく遊んでくださいね」

にっこり笑うと、指を解いて手際よくオールドファッショングラスにバランタインをそそいだ。着物の裾がはやくもはだけ気味だ。隙間から白い太ももがのぞいている。

「ありがとう」堀井がバランタインを舐めるころには、場は早くも狂騒の気配を漂わせていた。

２メートル先が見えないほどタバコの煙でくすみ、酒の匂いが充満した室内には嬌声と笑い声が飛び交う。

「いきなり来た〜」衿に手を突っ込まれた女性が上半身をくねらせる。

堀井が呆気にとられていると、他方で怒声が聞こえた。声のほうを見ると、新米とおぼしき痩身の男が長髪を振り乱して、手にしたガラスの灰皿を振り下ろすところだった。対面に座っている男にそれが直撃し、そのまま大の字に倒れた。２人ともＬＩＧＨＴ通信の社員だ。とりなしに入った同僚たちが今度はにらみ合いになり、取っ組み合いがはじまった。

ハードバンクの幹部らがヤジを飛ばし、１万円札を卓上に並べはじめた。どうやら誰が喧嘩に勝つのか賭けているらしい。

ボーイが飛んできて、堀井の向かいに座っていた景山に頭を下げる。

「おい」景山が大声を出し、あごをしゃくる。喧嘩をしていた連中の動きが止まり、やがて彼らは部屋を出て行った。外でやってこい、という意味だ。

堀井の視線に気づいた景山が何か言おうと口を開きかけたとき、今度は上座の朴社長を中心とした一群から大きな喝采(かっさい)が上がった。

腰帯を解かれた女性が2人の男になぶられている。時代劇でいう「あーれー」というやつだ。堀井が周囲を見渡すと、いつのまにかいたるところで似たような光景が繰り広げられていた。氷や灰皿を運んでくるボーイもとがめだてしない。ここはそういう店なのだ。

景山が堀井のグラスになみなみとバランタインをそそいできた。

「まあ、飲めや」

「すごいですね、喧嘩まで遊びのうちですか」堀井があきれたように言う。

「これでいいんだよ」

景山は笑い、和服女性にシャトー・ディケムをそそがせる。そして一気にまくし立てた。

「いいか、ここにいるＬＩＧＨＴショップの社員や幹部たちのほとんどが20代後半から30代前半だ。バブルのころ、こいつらはまだ若くて貧乏だった。だから、ギロッポンのワンレンボディコンのちゃんねーたちに、アッシーだ、メッシーだ、キープ君だ、貢(みつ)ぐ君だといいようにあしらわれてたんだ。1年も前からイブにバカ高いホテルを予約して、借金して何十万も払ってなんとかやらしてもらっても、マグロでフェラもしねえ、ろくでもねえ。そんな苦い過去があるんだ」

景山はワインをあおりながら続ける。

「いいか、健史。バブルってのは不要に女の価値を上げた。女自身の価値が上がったから高値になったんじゃねえ。単に金まわりのよくなったオヤジたちが、見境なく若い女に手を出すようになったのが原因だ。供給に対して需要が膨れ上がり、女子大生ってだけで十把一絡げに高騰したにすぎねえんだ。バブルが弾けりゃ、当然オヤジたちは撤退する。ねえちゃんたちも3年も経てば女子大生というブランドともおさらば。あとはただのババアになって、大暴落さ。それでも一度、身についた贅沢と過去の栄光が忘れられねえのか、こうしてギロッポンで未練がましく生きてやがる。ここにいる女がみんな20代後半なのはそのためさ」

景山は隣の女性からタバコを取り上げ、灰皿でもみ消した。

「だから新宿、池袋、渋谷じゃだめなんだ。ギロッポンで、元バブル女に和服着せていいように弄びまくって、初めて俺たちは発散できるんだ。ストレスが吹っ飛び、よっしゃ明日も働くぞ、となる。お上品に飲んだところで、こいつらは楽しめねえんだ。俺らはお上品に商売するつもりもねえ。こういう勢いで、こういうテンションで、ここまでのし上がったんだ」

「わかるか」睨みつけるように景山がこちらを見る。

「今日はな、健史、おまえにそれを見せたかった。俺たちの時代が来ている。社会がエリートだ、成功者だと決めた人間ではなく、不良だ、役立たずだ、落ちこぼれだ、そう言われた連中こそがこの時代を生き残れるんだ。きれいごとは無意味なんだ」

堀井は自分の顔が火照(ほて)るのを感じた。酒に酔ったのではない。景山の言葉に酔ったのだ。

景山は野心をくすぶらせた男たちをたらし込む天才であった。

だが景山自身は、決して誰かにあおられ、たらし込まれることもなかった。事実、部下や仲間にはこうしたどんちゃん騒ぎをさせながら、みずからは決してそこに加わろうとはしない。

ただガラス細工のような無機質な眼で眺めている。獲物を探すように。

それがこの男の強さだった。

いや、怖さだった。

★

「よくわかっているさ」堀井はつぶやく。

プリウスは六本木を抜けて青山にさしかかっていた。

## 戦争だよ、戦争

「スューマ・アウィラム・イーイン・マール・アウィラム」

青山通りにさしかかったころ堀井が突如（とつじょ）そう発した。

「なんよ、それ。呪文か」とサル。

「ハンムラビ法典の一節だ」

「ふーん」気のない返事をする。

「世界でもっとも古く、そしてもっとも有名な法律だ。これなら知っているだろう。『目には目を、歯には歯を』。それを古代バビロニア語でいえば、さっきのフレーズになる」

「ああ、それなら知っとる。あれだろ、やられたらやり返せ。しっぺ返ししてもええっちゅうやつだな」

「間違ってはいないが、正解でもない。正確にはこう訳す。『持てざるものが、持てるものの目を潰したとき、持てるものは、持てざるものの目を潰すことができる』」

「何が違うっちゅうんだ、あっとるだろ」

「これは同態復讐法(どうたいふくしゅうほう)といって、やられたらやり返せ、というより、やられたこと以上の仕返しをしてはならない、と規制しているんだ。とすれば、貧乏人が金持ちを恨んで目を潰せば、貧乏人を捕まえた金持ちはどうする？」

「目を潰していいが、殺してはダメか。なるほど、やりすぎるな、ってか」

「はるか4000年前に作られたハンムラビ法典は先進的だ。だが、同態復讐法の適用はあくまでも同一身分に限られていた。別の条文では、奴隷が主人のものを盗めば死刑とある。だからな、サル。この法律はこう言っているんだ。自分が相手の奴隷でないのなら、目を潰されたときは相手の目を潰して、奴隷でないことを証明しなくちゃならない。わかるか。潰さないかぎり、それは奴隷と一緒なんだ」

なぜ突然、ハンムラビ法典の話を持ち出したのか、勘のいいサルは察しがついた。大将はかつて景山にはめられた。その仕返しをしようとしている。

「勝てる見込みはあるんか？　相手は時価総額5兆円だ」

「僕らのチームはどうだ？　強いか、弱いか」

サルは黙った。中学生の由里子を含めて、たかが6人。でもチーム・AKKAはひとりひとりが独立して自分の判断で動く。堀井はリーダーだが、ボスではなかった。リーダーはチームに方向性を示す羅針盤にすぎない。メンバーたちはそれを手がかりに、自分で考え、帆(ほ)を張り、櫓(ろ)をこぐ。たとえ堀井がいなくなっても、誰かがその羅針盤を引き継げばチームは稼働し続けるだろう。つまり不滅なのだ。

逆に、景山の強さ、あるいはＬＩＧＨＴ通信の強みは、景山を頂点にしたピラミッド型の組織にあった。景山はまさしくボスだった。ボスを失った組織は簡単に瓦解(がかい)していく——。

「そうだ、サル。強力なカリスマをトップにしたピラミッド型の組織は、いわば正規軍の強さといっていい。統率された一糸乱れぬ軍隊に真っ正面からぶつかれば、手もなく潰される。正規軍に対抗する唯一の方法はゲリラ戦だけだ。誰が敵なのか、どこから攻撃しているのか、組織がでかければでかいほど対応できなくなる。そして頭、つまり景山を刎(は)ねればすべてが終わる」

サルの体が大きく横に振られる。プリウスは急カーブを描きながら青山通りから骨董通りに入った。

「勝てるのか、じゃない。勝つんだよ。潰された目は、潰し返す」堀井の顔から感情が消えていた。

物陰から人が飛び出してきた。サルは前のめりになった反動で体をシートに打ちつけた。車道をゆっくり横断していく老人を呆然と見送る。何事もなかったように堀井が口を開いた。

「殴られれば、殴り返す。騙されたなら、騙し返すんだよ。ＬＩＧＨＴ通信は奪われるべきなんだ。なぜなら、景山が僕の会社を奪ったからだ。景山は絶望の淵にたたき込まれるべきなんだ。なぜなら、やつが僕をそうしたからだ。僕は景山の奴隷になった覚えはない。対等である以上、それは僕に課された義務だ。やつの会社を奪うことで、僕は、それを証明しなくてはならない」

好きにすりゃあいい、こうなったらとことんつきあったるわ。サルは腹を括(くく)った。ここまで堂々と宣言されると、いっそすがすがしいわ。

「スューマ・アウィラム・イーイン・マール・アウィラム」堀井が再びつぶやく。

そして静かに言った。

「戦争だよ、戦争。殺されてもいい。だから、殺していい」

# 第４章　決戦前夜

## 1984

「きみ、パソコン、できるんだろ」

高松大学は後ろから肩をたたかれ、ビクッとした。

合格発表の掲示板に自分の名前が載っているのを確認し、東大駒場キャンパスをぶらついているときだった。

振り向くと、髪の長い、人のよさそうな男がにやりと笑う。それが堀井健史との最初の出会いだった。

「で、できたら、何だと言うんですか」蚊の鳴くような声を出す。

「だと思ったよ。で、きみは地方出身者だろ。住むとこ、決まってんの？」

どこまでも馴れ馴れしく話しかけてくる。黙っていると腕をつかまれ、北寮とあるぼろい建物に連れていかれた。

「ここだよ」堀井は23Bとプレートのかかった一室を開ける。

高松は目を見張った。20畳ほどの室内には、最新型パソコンが3台、サンのサーバーマシンが2台置いてあり、その周辺にはこまごました機材が並べられていた。トータルで軽く数百万円はするだろう。学生の寮室とは思えない。部屋の隅で1人の男がパソコンに没頭している。

「先輩、連れてきましたよ」堀井が声をかける。

先輩と呼ばれた男は作業を中断してこちらを見た。

「お、彼かい。いいんじゃない。僕は小山完って言います。彼は堀井健史くんね。きみは？」

「高松大学、文Iです」思わず自己紹介してしまう。

「すぐに書いて」小山から書類を渡された。入居同意書とあった。堀井を見る。にこにこしている。小山を見る。にこにこしている。

断れる雰囲気ではない。仕方ないのでとりあえず書き込むと、その書類を手に小山がそそくさと部屋から出て行った。

「ようこそ、ええと、高松大学くん。大学って呼んでいいよな。大学は今日から、この部屋の住人になった。あ、家賃やら光熱費は心配しなくていい。僕らで処理しとく。で、大学、きみはこの『ラボ』の管理人兼僕らのアシスタントだ。よろしく頼むよ」

堀井が手を差し出す。ついその手を握ってしまった。

それから奇妙な生活がはじまった。

堀井と小山は在学中ながら渋谷にＩＴベンチャー企業を興(おこ)していて、大学にはほとんど顔を出していなかった。堀井がすました顔で言う。

「僕はまだ授業料を払っているけど、先輩は大学院を正式に辞めることにした。寮のルールで、この部屋には１人では住めない。でもここは、僕と先輩が会社を立ち上げる前からラボとして使ってきたんだ。だから、できればこのままにしておきたい。それでどうしようかと考えていたとき、きみが目の前をとぼとぼ歩いていたんだよ。まるで声をかけてくれ、そんな感じだったな」

高松は中学３年生のときから引きこもりがちになり、高校１年生のときに中退した。東大には大検を受けて進学してきた。

その自分が他人と共同生活をするなんてありえないことだったが、不思議とこの２人との暮らしは苦にならなかった。

彼らは日中はオン・ザ・エイジで働き、夜はこの寮室で仕事の続きをする。高松もいろいろ手伝わされたが、文句ひとつ言わなかったのはバイト料をもらっていたこと以上に、

2人に対して何かシンパシーのようなものを感じていたからだ。

「大学、『1984』知っている?」

一緒にアイドルのホームページを制作しているとき、堀井が不意に切り出した。

「映画の?」

「これ、見なよ」堀井がビデオデッキにテープを入れる。

——独裁者〈ビッグ・ブラザー〉によって支配された人びと。彼らは徹底的な監視下におかれ、ロボットのような無機質な人間と化してしまった。そこに1人の若い女性が現れる。彼女はビッグ・ブラザーの映るスクリーンに駆け寄ると、手にしたハンマーを放り投げてそれを破壊する。覚醒せよ。そういわんばかりの突風が人びとに吹きつける——。そして虹色のリンゴのロゴが出て、1分間の映像は終わった。

「昔のアップル社のCMだよ。ジョージ・オーウェルの『1984』という小説を知ってるか。すべての情報を支配したビッグ・ブラザーはドラスティックな管理社会を築き、あらゆる自由を奪われた民衆は家畜さながらのあつかいを受ける、っていう話だ。このCMは本当に1984年だけに流されたもので、オーウェルの描いた1984年は訪れない、なぜなら、いまこの世界にはアップルがあるからだ、そんなメッセージが込められているんだ。もちろん当時のマッキントッシュは通信用マシンとしては脆弱(ぜいじゃく)だった。でもアップルは、近い将来パソコンはネットでつながり、ひとりひとりが自由に世界と結びついて情報を交換し、意見を出しあえる時代が来る、だからこの先もビッグ・ブラザーは生まれない、そう高らかに宣言したんだ」

堀井はデッキからテープを取り出すと、大切そうに再びケースにしまった。パソコンの画面に向かいながら話を続ける。

「僕が生まれ育った地元の同級生のうち、大学に進学したのはたった５人。東京にきたのは僕だけだ。地元で働き、結婚し、子どもを作る、それが当たり前だった。みんな何の疑問も持たず、それを受け入れていた。でも僕は子どものころから、それが嫌で嫌で、息苦しくて息苦しくて、どうしようもなかったんだ」

高松は胸が熱くなった。僕も同じだ――。

「なあ、大学。変なやつだと思うかもしれないけど、僕は小学生のとき校庭の水溜まりばかり見て過ごした。梅雨時、そこにおたまじゃくしが泳ぎ出すんだよ。でもね、水溜まりが干上がる前にカエルにならないと彼らは死んでしまう。そこを早く抜け出して別の世界に行かなければ息絶えるんだ。それがまるで自分のことのように思えてきてさ。いまは、先輩にＰＣの可能性を教わり、２人で会社も作った。でも、いつかそこも干上がるんだ。次の世界へ行く。行きたいんだよ、僕は。いまいるのは、いま生きているのは、そのためでしかないんだ。ハンマーを投げて世界に風穴(かざあな)をあけたいんだ」

画面から目を離した堀井は、こっちを見て照れくさそうに笑った。

「ま、先輩もいまでこそ人当たりはいいが、頭が良すぎたのか子どものころは何かと大変だったらしい。なにせ学校で素っ裸で抗議したらしいからね。これ、先輩には内緒な」

高松はなぜ彼ら2人だと一緒にいても息苦しくないのか、わかった気がした。

僕も同じ人種なのだ。

中学生のときＭＳＸを買ってもらい、パソコン通信にはまった。そこでは大人も子どもも関係なく、誰もが自由に話題を交換できた。学校の先生でも知らないような政治の裏事情や、日本経済に関する意外な観測、さらには外国語のユニークな学習法まで、胸躍るトピックがいくらでもあった。

この小さな箱には無限の世界が拡がっている。その拡がりを感じれば感じるほど、自分が実際にいる学校という世界の狭さにうんざりした。

でも、それをわかってくれる大人はいなかった。

部屋から出てこず1日中パソコンの前にいる息子に対して、親は何度も「外に出ろ」「広い世界に目を向けろ」と言い募(つの)った。

いま僕はとても広い世界にいるんだ——。そう言いたかったが、うまく説明することができなかった。できたのは、口を閉ざし、登校を拒むことだけだった。

最後の最後、親の説得に根負けするかたちで大学進学を選択した。パソコン通信で豊富な知識を蓄えていた高松は、受験勉強に取り組んだわずか1年後に東大に合格した。

高松にとって進学は勝ちではなく負けだった。自分の主張を曲げた妥協の産物でしかない。天下の東大生だと胸を張る連中とはまったくそりが合わなかった。

いまいる場所は、小さな水溜まりの世界にすぎない。

堀井と小山には、自分がそこにいるおたまじゃくしだという自覚があった。カエルとなって向かう先は新たに生まれた巨大な水溜まり＝ネットなのだ、と。

自分の気持ちをわかってくれる人がいる。自分と同じ気持ちで新世界を目指す人がいる。そう思うと高松はたまらなく嬉しくなった。涙が出そうになるほど嬉しかった。

## 寝かせと握り

「僕、何やってんだろう」

がらんどうになった北寮23Ｂで高松は独り、立ちつくしていた。

昨年秋ごろから寮の存廃をめぐる大学当局と自治会の対立が日増しにエスカレートし、

もはや学生運動の闘士でもなければ、住める状況ではなくなっていた。堀井は妹の由里子を気にして、10月にはアジトを移転した。場所は桜丘町にある雑居ビル4階の小さなテナント。かつて創業時のオン・ザ・エイジがオフィスを構えた一室だった。堀井と小山はいまだに賃貸契約を継続していたらしい。

その新アジトで作業をこなし、今しがた帰宅したところだった。

高松の現在の任務はＬＩＧＨＴショップの元店長を探し出すこと。

ネット仲間を駆使して、無数に存在する書き込みサイトや携帯サイトをトレースし、元店長やその関係者を洗い出す。そしてアドレスが特定できたらメールでコンタクトを取り、会う段取りをつけるのだ。あとはサルと美月が彼らに接触し、金を渡して情報を訊き出す。

何を訊き出すのかといえば、「寝かせ」と「握り」だった。

ＬＩＧＨＴ通信はＬＩＧＨＴショップが展開する「1円携帯」のバカ売れによって大躍進を遂げた。1台3万円はする携帯電話端末をタダ同然で配る。ユーザーが飛びつかないはずがなかった。

だがそこにはカラクリがある。携帯電話会社（キャリア）が通信料に端末本体の料金を加算し、利用者に請求していたのだ。

だから日本の携帯電話通信料は世界一高い。タダで配り、その後じっくり金をむしる。それが日本の携帯電話産業のビジネスモデルだった。

では、1円携帯の販売店、つまりＬＩＧＨＴショップの儲け(もう)はどこから出るのか。

それが寝かせと握り、になる。

ＬＩＧＨＴショップは1円携帯を売ると、契約した携帯電話会社と端末製造メーカーから手数料を受け取る。これが、握りだ。

このシステム自体に違法性はなく、景山照栄を「若手最高の起業家」ともてはやすマスコミは「目のつけどころが違う」と褒め(ほ)ちぎっていた。

握りはインセンティブ化されていて、ある一定台数以上を販売したＬＩＧＨＴショップには、仕入れ値を上回る特別手数料が支給された。

問題はここからだった。ＬＩＧＨＴショップでは特別手数料を確保するため、端末が使用されないにもかかわらず、名義だけを借りて形式上の契約を結ぶ行為が横行していた。この架空契約が、寝かせだ。もちろん、詐欺罪が適用されてもおかしくはなく、以前から一部で問題視されていた。

ＬＩＧＨＴ通信は公式見解として「確かに一部の不届き者がそれに似たことをやったようだが、当社では発覚した時点でその代理店（ＬＩＧＨＴショップ）とは取引を停止している」と主張していた。

逆に言うと、寝かせが組織ぐるみで行われている実態をつかみ、その証拠を得ればLIGHT通信は窮地に陥るはずだ。

高松はLIGHTショップが名義貸しをした人間に謝礼を支払っているケースをつきとめた。

きっかけはあるキャバ嬢の書き込み。

〈最近、金回りのよくなったハゲオヤジの社長が、会社全体で携帯電話を契約するとたくさん小遣いがもらえるんだといってた。うちはキャバで頑張ってお金もらってるのに、どういうこと？〉

すぐにそのキャバ嬢の店を割り出し、サルが客を装って言質を取ってきた。

「ほんま、驚くで。1台の名義貸しで、だいたい月2000円くれんだってよ。50人規模の会社なら月10万円じゃ。社長の小遣いにしては十分な額だよなあ」サルはぼやいた。

さらに高松はある大企業の総務部長が500台分の名義貸しをして、月100万円を懐に入れているという情報をつかみ、いま美月が裏取りに動いていた。

「LIGHTショップは新電電系から1台最大6万円の特別手数料を受けている。そこに端末製造メーカーからの報奨金も合わせれば、トータル8万円だ。そこから、名義借りの謝礼２０００円、通話基本料金５０００円を引いて、さらに端末本体の仕入れ代、アルバイト人件費、店舗の維持費、そしてＬＩＧＨＴ通信への『上納金』を差っ引いたとしても、ＬＩＧＨＴショップは充分に潤う」小山はそう分析した。

新しいアジトに移ってから、チーム・ＡＫＫＡのターゲットは完全にＬＩＧＨＴ通信ひとつに絞られていた。

高松はその意味をよく理解していた。

誰もいない寮室でコンビニ弁当をつつく。たくあんを噛む音がことのほか大きく感じられた。

ＬＩＧＨＴ通信を乗っ取るという、無謀な計画がいよいよ最終局面にさしかかったのだ。

本音を言えば、こんなことに協力したくなかった。違法まがいの手口でＩＴベンチャーをはめたこともある。しかも自分の部屋をアジトにされてきたのだ。

でも、拒絶できるわけがなかった。

オン・ザ・エイジは高松の夢でもあったからだ。

この部屋で朝まで３人して語り合い、育んだ夢だった。

それを奪ったやつだけはどうしても許せない――。

高松は天井を睨むと、再び弁当に向かい、ご飯をかきこんだ。

パソコンに携帯をつなげ、メールを受信する。ネット仲間からいくつかメールが入っていた。その中に、ＬＩＧＨＴショップ元店長の所在がつかめたという報告があった。

高松はキーボードを打つ。サルに住所を伝え、その人物に会ってくるよう指示を出した。

ブルル、ブルル。携帯が揺れる。サルからだった。いちおう取る。電話越しに怒鳴ってきた。

「わりゃあ、わしがいま、どこにおるんか知っとろうが。千葉の船橋じゃ。それを、なんか、埼玉の飯能まで行けっちゅ……」

ブチッ。電話を切った。またすぐに鳴ったが、もう出ない。やつだって行くしかないことくらいわかってる。ただ、ひとくさり文句を言いたいだけだ。そんな愚痴(ぐち)につきあうほど仲も良くないいし、心も許していない。

高松は立ち上がり室内を見回した。何も残っていなかった。メンバーたちがここで動き回っていたのが信じられない。

あと何ヶ月かすれば、この寮ごと当局に破壊され、跡形(あとかた)もなくなるだろう。

それでも記憶は残る。あの日々はいまも鮮明に高松の心にあった。

すべてはこの部屋ではじまった。そして、ここで終わる。

高松は大きく息を吸った。

「はじめるために、終わらせるんだ」

## 使用済みパンティ3000円

若い男が微笑みながら、ランドセルを背負った少女に手を振っていた。

ブルセラショップに入ろうとしていた美月は、いつもの光景に舌打ちする。

1階にあるブルセラの存在が気になるのだろう。男はその少女が来ると寄り添うように階段を上り、少女が帰るときは今日のように大通りまで見送るのだった。どうやら4階で働いているらしいことはなんとなくわかっていた。

よほど少女のことが大切なのだろう。そう思うとなぜか無性に腹が立ってきた。美月はこらえきれず男の前に立ちはだかり、「なんか、ムカつく」と因縁をつけた。それが堀井との最初の出会いだった。

そのころ美月は連日のようにブルセラショップに通っていた。

使用済みパンティが3000円、唾は5000円、制服なら4万円で売れた。

美月はいわゆる高校デビューで、中学までは地味で目立たない存在だった。それが友人に誘われ渋谷に行くと、女子高生というだけでいろんな人から声をかけられ、ちやほやされた。スカートの丈を短くすればするほど、顔が日焼けすればするほど、髪が茶色くなればなるほど、美月は街から歓迎されるのがわかった。

男たちは全員、美月としゃべりたがった。若者、禿げた中年オヤジ、大きなカメラを抱えたマスコミ。少し話すだけでみんなお金を払っていく。化粧品会社や食品メーカーは美月たちコギャルを消費の牽引車とあがめ、サンプルや試供品を山ほど渡してきた。企業の会議室に招かれて、商品の感想を好き放題述べれば高額の謝礼が舞い込んだ。

自分には価値がある。

その感覚に美月は虜になっていた。学校や家で、彼女はいつも命じられる立場だった。勉強しなさい、言葉使いをおしとやかにしなさい、女性らしく清楚に振る舞いなさい。命令されるということは価値がないということだった。

だが渋谷では、頭を下げて頼み事をする人はいても、偉そうに命令する人はいない。それは自分に価値があるからだ。そう信じていた。

睨みつけると、男は鼻から息を漏らした。やれやれ困ったな、そんな表情だ。

美月は自分がイラついている理由がようやくわかった。この男は私に一切の価値を認めていない。

ブルセラに通う軽薄なコギャル、できれば少女の視界に入らないでほしい。そんな目を向けられているような気がした。

「いつもランドセル背負った子を送り迎えしてご苦労さま。あれってあてつけでしょ？」

「あてつけ？」

「そう。わたしたちのこと馬鹿にしてる」

「別にブルセラに通う子を差別しているつもりはないんだ。妹とどう接していいのか、まだよくわからなくてね」

妹？　意外だった。兄妹というには、２人には親密さ以上によそよそしさがあったからだ。

驚きが顔に出たのか、男は、

「ずっと離れて暮らしていたから……」と言葉を濁す。

それ以上の会話を拒むような口ぶりだ。あしらわれかけた美月は頭に血がのぼり、自分がいかにこの街で大切にされているのか、一気にまくし立てた。ひとしきり語りつくすと、男がこめかみをぽりぽり掻く。

「ああ、そのとおりだ。きみたちには価値があるんだろう。でも、女子高生やコギャルに価値があるのと、きみ自身に価値があるのとはイコールじゃない。きみは自分でもわかっているんだろ。コギャルでなくなれば昔のように何の価値もない自分に戻ってしまう、って。それが怖いから、こうして見ず知らずの男に嚙みつく」

美月の右手にさがっている紙袋を男は一瞥(いちべつ)する。中には替えの下着が入っていた。

「なあ、金になるから価値があるのか？　値段をつけられることではなく、値段をつける側になることのほうが、ずいぶんとましなことだし、もっと言えば、本当の価値とは誰からも値段をつけられないことだと、僕はそう思うけどね」

そこまで言うと男はビルの階段に消えていった。

翌日、美月は1階のブルセラではなく、4階に向かった。オン・ザ・エイジと書かれたドアを開ける。

一番奥のデスクでモニターを睨んでいた男につかつか近づく。

「ねえ、責任とってよ」

ノートを広げていた少女が目を丸くした。隣にいる小太りの男が立ち上がりかける。男は2人に目配せをして、こちらに向き直った。

「ああ。わかった」男はそう言って誰も使っていない机の上を片づけた。そして椅子に座るよう手を広げた。

私を受け入れる、彼の目はそう言っていた。

ここに来た私の価値を認める、堀井の目はそう語っていた。

## キヨハラ

それから美月はオン・ザ・エイジでバイトをはじめた。お使いや掃除、電話番などの雑務をこなす日々。妹の由里子ともすぐに仲良くなった。

「東大にさ、『キヨハラ』って名前の番長猫がいるんだ」

会社で2人きりになったとき、堀井がそんな話をはじめた。

「相当ふてぶてしいやつでね。駒場のキャンパスをさ、のしのしと歩いてさ。教授のベンツのボンネットでごろんと昼寝してたり、タイヤにションベンひっかけたり。学生が外でサンドイッチをつまんでると横取りするしね。スズメや鳩を襲って喰ってるときもある」

「あはは、マジですごいね。だから野球選手からとって、キヨハラかぁ」美月が笑う。

堀井も笑いながらうなずく。

「ある真冬の2月だった。真夜中、凍(こご)えそうになりながら寮に戻る途中でキヨハラを見かけたんだ。まだ人のいる研究室の室外機の上にちょこんと乗ってた。わずかに発する熱で寒さをしのいでいたんだ。それを見て感心したよ。キヨハラには室外機のぬくもりだけで寝る覚悟がある。体力が落ちていたり、体調が悪ければ、朝までに死んでしまうかもしれない。でもキヨハラはそれを受け入れている。だから自由気ままに生きていけるんだ、ってね」

「猫って餌をくれる人の顔色を見て生きてるのかと思ってた。でもキヨハラ、誰かに助けてもらおうって考えないんだ」

「力づけられたよ。そのころ僕は大学3年の終わりで、先輩と会社を作るかどうか少し悩んでいてね。卒業まで待つか。中退のリスクを負って突っ込むか。起業は傍目(はため)にはかっこよく映るかもしれない。でもその資格は、死ぬほど寒い真冬の夜に、室外機のぬくもりを頼りに平然と寝る覚悟があるやつだけに与えられる」

堀井は背伸びをして、じっと美月を見つめた。「それが、この会社だよ」

古い雑居ビルの4階、スチールデスク6つでいっぱいになる小さなオフィス。創業間もないオン・ザ・エイジの社屋はお世辞(せじ)にも立派とはいえない。それでも堀井はこの会社に賭(か)けていた。

「じゃ、そのキヨハラに会わなければ、この会社はなかったんだ」

「そうかもな」堀井は笑った。

## 室外機のぬくもり

オン・ザ・エイジは順調に業績を伸ばし、美月がバイトに通い出してほどなく、オフィスを同じ渋谷のインテリジェントビルに移転した。20人以上の社員を抱え、事業はみるみる拡大していった。そして悪夢の日が訪れる。

ＬＩＧＨＴ通信・景山照栄による乗っ取り――。

株式譲渡契約書にサインして社屋を飛び出した堀井は、そのまま1ヶ月近く消息を絶っていた。

北寮23Ｂは重い空気に包まれていた。

「いまは連絡が入るのを待つしかないだろう」小山は疲労感をにじませながら自分に言いきかせるように言う。

高松は毎日ネットにかじりついて、必死に足どりを追おうとしていた。

「美月ちゃん。お兄ちゃん、大丈夫かな。どうしたらいいの？」

すがりついてくる由里子を抱きしめる。健史さんは渋谷にいる。美月はそんな気がしていた。

死ぬほど寒い夜はひとり室外機の上で寝るんだよ、わずかなぬくもりに委(ゆだ)ねてね——。

番長猫のキヨハラのようにひっそりどこかで耐えている。そう思えてならなかった。

知り合いから気になる話を耳にしていた。最近、やたらと気前のいい20代の男が毎晩のように援交女子高生を買っては円山町のホテルに出没しているという。語られた風体にはどこか堀井を思わせるものがあった。

美月は渋谷にたむろしている仲間たちに、チェーンメールを送り、さらなる情報を募っていた。

不意に携帯が鳴る。仲間からの返信だ。

〈例のおとこ、さっき、マルキューの前でアリサと交渉してたよ〉

携帯を閉じると美月は由里子の頭を撫(な)でた。

「ちょっと私、出かけてくるね。大丈夫、健史さんはきっと戻ってくる」

急ぎ足で駒場キャンパスを出ると、タクシーに乗り込んだ。

「ラビリンス！」怒鳴るように告げる。

「はっ？」と運転手が聞き返した。

「ああん、もう。違った。円山町のラブホ街に行って」

ラビリンスとはアリサがよく利用するラブホテルの名前だった。

円山町のホテル街にタクシーが到着すると、美月はラビリンスに向けて走った。厚底ブーツは走りにくく、何度もよろめいた。それでも必死で走った。

派手なネオンがきらめく中世のお城を模したホテルに、１組のカップルが入ろうとしているところだった。金髪頭に花柄の飾りをつけ、パンティのみえそうなほど丈の短いスカートを穿いた、アリサ。男のほうはジーンズに厚手のジャンパーを羽織っていた。堀井だった。

「健史さん！」美月が呼びかける。

堀井が振り向いた。無精ひげを生やし、生気のない顔で男がこちらを見る。

美月はアリサを思いっきり突き飛ばした。

「ギャッ」と叫んでひっくり返り、パンティが丸出しになる。腰を押さえながら「マジでぇー、何すんのよ！」とぶち切れた。

美月はそれ以上の剣幕で「うっさい！　これで文句ないでしょ」と財布から札を抜き出し、投げつけた。

札を拾い集めたアリサはとたんに上機嫌になった。

「ええ。マジでぇ、10万あるよ。これ、ぜーんぶ、もらっちゃっていいの。超ラッキーなんですけどぉ」

「どっか行って」あごをしゃくる。

アリサは携帯を耳にあて「ちょー儲かったんでぇー、ちょー豪遊とかしない？」と去っていった。

その一部始終を見ていたはずの堀井は「ま、おまえでもいいか」と腕をつかみ、そのままラビリンスに引き込んだ。フロントでお金を払い、部屋を選ぶ。

「脱げよ」

部屋に入るなり堀井は3万円を見せる。「ショートでいいよ。これが相場だろ」抑揚のない声で投げてよこした。

「バッカじゃないの！　なに言ってんのか、なにやってんのか、わかってんの！」

「ああ。女を買って抱いている。人類の歴史がはじまってから延々と繰り返されている営みを俺も繰り返してる」

美月はもう一度、財布を出した。残っていたのは500円玉1つだけだった。

「あんたなんかに買われるくらいなら、私がいまのあんたを買ったげる」

そういって500円玉を投げつけた。

「それが、いまのあんたの価値だもん」

堀井は一瞬戸惑った様子を見せたが「ま、こういうのも一興か」と５００円玉を拾った。その姿を見て美月は涙が出そうになる。でも、必死にこらえ、声を張り上げた。

「受け取ったわね。いい、買ったのは私。わかってる？　あんたには言うこときいてもらうからね」

美月は堀井に命じる。

「動いちゃダメ」

制服を脱ぎ、ブラジャーを外して、胸をさらしたまま堀井を抱きしめた。

「ねえ、わかる。これがぬくもり。真冬の室外機くらいのあったかさしかないけど……こうして、ずっと、抱いてたげる」

堀井は抱きしめられたまま動こうとしなかった。

「あと１つだけ、命令するね」

「健史さん、泣いて。命令したわよ、泣いてよ。鼻水垂らして、よだれだって流していいから、悔しくて、つらくて、どうしようもないなら、思いっきり涙を流してよ、みっともなく泣きごとや、うらみつらみや、愚痴だっていいから、泣いて、泣いてよ、命令よ」

「いいから、泣きなさいよ！」

「会社を奪われたって！」

「自分が間抜けで横取りされたって！」

「相手のほうが強かったって！」

堀井が震えだした。震えだして泣きだした。

「ウオオオオ」声を出し、叫び、涙を流し、鼻水を垂らし、泣きだした。美月の胸にすがりつき、必死になって嗚咽(おえつ)した。

「くそっ、くそっ、くそっ、くそっ」

「くそう、どうしてだ、なぜだ、ばかやろう、あほ、間抜け」

「ゆるせねえ、ゆるせねえ、ゆるさねえ」

「絶対、絶対だ、潰す、潰してやる、潰れるまで、やってやる」

堀井は一晩中、泣き続け、叫び続けた。

美月は裸のまま抱きしめていた。疲れ果てて眠ってしまうまで――。

気づくと、知らないうちに朝が来ていた。美月は独りベッドの上で寝ていた。きっと堀井が抱き上げて、ここに寝かしつけてくれたのだろう。

テーブルのうえに1枚のメモが残っていた。

〈500円はありがたくいただくとする。今日、ラボのある北寮23Bに行く〉

今度は美月が涙をぽろぽろとこぼした。昨晩、美月は必死になって泣くのを我慢(がまん)していた。だからいま、思いっきり泣いた。嬉しくて、嬉しくて、涙が止まらなかった。

ラビリンスを出るときれいな冬の朝焼けが見えた。刺すような凍てつく空気の中で、東京のど真ん中とは思えないほど、きれいな太陽がゆっくりと昇っていた。

「悪かったな、いろいろと」

美月、小山、高松、由里子が待っていた部屋に入ってくるなり、堀井は謝罪した。

「これからどうする？　資金はあるから会社また作り直すか」小山が言う。

堀井は黙って首を左右に振った。

高松がキーボードを打ち、ノートパソコンの画面を見せる。ＬＩＧＨＴ通信社長の景山照栄の画像の上に、真っ赤な筆文字で「天誅！」と書かれている。高松は頬を膨らまし、眼をギョロつかせていた。

堀井はニヤリと笑うと「だな」と応え、机のうえに預金通帳を置いた。

高松がおそるおそる手に取り、数字を見て腰を抜かす。

「お、おお、億、じゅ、じゅう、10億、10億円ある」

みな、黙った。堀井の言葉を待った。

「敵はこれだけじゃ、びくともしないだろう」

机に手をつき全員を見渡す。

「それでも、ＬＩＧＨＴ通信、景山照栄、こいつら潰すぞ」

眼光が鋭く光った。それはかつてのような輝きではなく、深い闇を湛（たた）えていた。それでも力強さは増していることに美月は気づいていた。

★

1人残って作業をしていた美月は大きく伸びをした。時計を見る。12時を指そうとしていた。パソコンの電源を落とし、事務所の電気を消した。ネクサスドアというプレートのついたドアに鍵をかける。北寮23Ｂに代わる新しいアジトだった。

階段をくだって路上に出る。美月はビルを振り返った。1階はＤＶＤやビデオなどを販売するアダルトショップだ。かつてこの場所にはブルセラショップがあった。この前で美月は堀井と出会ったのだ。

ここからすべてははじまったのだから、ここですべてを終わらせる。

「はじまりの終わり、かな」

そうつぶやき、夜の渋谷へと消えた。

## 勝率2割

小山は由里子をプリウスに乗せ、成城に向かっていた。さっきまでネクサスドア、新しいアジトで高松や美月と一緒に作業を続けていた。

いよいよ最終決戦が間近に迫っている。メンバーは朝から晩まで動いていた。由里子はコピー取りや資料整理、それに食事の用意など雑務をこなしてくれていた。そうして帰宅時間が遅くなってしまったときは自宅まで送ることにしていたのだ。

「小山さん。お兄ちゃん、勝てるかな？」

「どうかな」

「寝かせと握り、だっけ？　これをマスコミに出したら株価が落ちるんでしょ。それでどうやって、お兄ちゃん、会社を乗っ取るのかな？」

「うーん、それが問題なんだよ。確かに、寝かせと握りが露見すれば、ＬＩＧＨＴ通信のビジネスモデルは崩壊して、上昇トレンドを描いていたＬＩＧＨＴ通信株は一気に下落する、と僕も思っている。本来なら、それを底支えするＬＩＧＨＴ通信系の子会社群、いわゆる『ピカもの』もこの2年間のうちにチームでがたがたにしてきた。それはわかるよね？」

由里子はうなずく。

「それでもまだ一歩、何かが足りない、そんな気がするんだ。ＬＩＧＨＴ通信株のバブルを弾けさせるまではできるけど、景山は去年９月の上場で莫大な手持ち資金をもっているはずで、それをすべて放出すれば自分で支え切ってしまう可能性がある。それができないほど一瞬のうちに下落させたうえで、世間に景山バッシングを広め、経営者失格の烙印を押す。彼は、きみのお兄さんは、そこまでやれば乗っ取りの手筈は整うと言っている。ただし、いまの状況を見ると勝率は正直言って２割くらいだろう。ま、２割でも凄いことなんだよ。だって敵は時価総額５兆円の会社なんだから」

由里子を心配させないよう、小山は明るく言った。

「で、今日、お兄ちゃんは？」

「その手筈を整えるために、例の男のところにいっている」

「……確か鮫島さんだっけ。あの日、チーム・ＡＫＫＡができた日に、小山さんが言ってた人だよね」

「そう」目を見開き口角をあげる。由里子におどけてみせた。

「ＬＩＧＨＴ通信、景山照栄、こいつら潰すぞ」堀井が宣言すると、北寮23Ｂは静かな高揚感に満たされた。

誰ともなくうなずきあい、意志を確認しあった。

小山は、はっとわれに返る。

「そうだ。きみがいなくなってから数日して妙な人物からコンタクトがあったんだよ。とにかく落ち着いたら堀井健史に会いたい、話したいことがある、聞いて絶対損はさせない、だから連絡をつけてくれって。ここに何十回も電話がかかってきてさ。なあ、大学」

高松が下唇をむいてうなずく。

「ストーカーね、まるで」美月が笑う。

「誰から？」と堀井。

「健史は知らないかな？　ハードバンクの鮫島十三。朴一誠社長の下で買収や投資を仕切っている元津島証券のエリートだよ。わざわざ朴社長がヘッドハンティングした人物なんだけどね」

「鮫島十三……名前は知ってるけど、何の用だろう？」首をかしげる。

小山にしてもそれは同じだった。名前はよく耳にする男で、ひととおりの経歴も明るみになっている。だが、実際に鮫島に会った人間は少なかった。

ＩＴ業界でトップをひた走るハードバンクは優良企業を次々と買収してはグループ全体

の時価総額を上昇させ、その上昇した株価をもって、さらに買収を繰り返していた。当然それを裏で仕切っているのが、元津島のエース、鮫島十三のはずだった。その鮫島がなぜ堀井に名指しで会いたがっているのか。

「まあ、とりあえず会ってみるか」

それだけ言うと堀井は、今後の展望についてメンバーに説明しはじめた。

入り組んだ裏道を巧みなハンドルさばきで滑りぬけていく。由里子は楽しそうにシートに揺られていた。

しっかりしているけど、この子はまだ中学生なんだよな。小山は妙な感慨を覚えた。

堀井は鮫島と密会し、それ以降2人でいろんな策を巡らしているのは知っていた。実際、寝かせと握りの情報は鮫島から提供されたようでもあった。

景山が退陣を余儀なくされれば、鮫島がハードバンク社長・朴一誠を動かし、LIGHT通信買収をしかけ、その後釜に堀井を起用するつもりではないのか。小山はそう踏んでいた。

プリウスはひと際目立つ高級住宅の前で止まった。由里子の実家であり、日本最大のメディアコングロマリット〈ヤマト・ザイケイグループ〉総帥・門田哲郎の自宅でもあった。

サルが即座（そくざ）に見抜いたとおり、由里子は大富豪の令嬢だった。そして、その異母兄が堀井であった。しかし、堀井が実父を毛嫌いしていることも、小山は長いつきあいのなかでうすうす察していた。

車を降りるとき、由里子が「小山さん、本当にありがとうございます。どんなときもお兄ちゃんの味方になってくれて」とぺこりと頭を下げた。

「いいんだよ、そんなこと」

そういえば、と小山は思った。

堀井が「妹だ」と由里子をはじめて寮室に連れてきた日。帰り際、由里子はランドセルを背負ったまま、今日と同じように「お兄ちゃんのこと、よろしくお願いします」と頭を下げた。

まるで母親のような心配ぶりだった。

ルームミラーを見ると、由里子はまだこちらに頭を下げていた。

心配しなくていい、きっときみのお兄さんは勝つよ。小山はアクセルを踏み込んだ。

決戦前夜。

それぞれの夜が更けていった。

第5章　交渉

## インテリジェンスの鬼

男は必ず固定電話から連絡してきた。携帯電話は使わない。堀井にもそうしろと求めた。資料のやり取りは電子メールでなく、手紙か私書箱を利用した。直接会うときも男は細心の注意を払った。

「どこで誰が聞き耳を立てているか、わからんからな。こうしてぐるぐる走っている車の中が一番安全なんだよ」

路上では乗車させなかった。地下駐車場に待たせ、車を止めるふりをして拾うのだ。

「私たちがいま行っている計画はな、堀井くん。何十億、何百億の金が動く。とすれば、その情報を掠め取った者は億単位の儲けを得られるわけだ。ならば数千万円くらい惜しくはないはずだ。いいかね、数千万円あれば国家機密だって手に入るんだよ」

確かにそれだけの金があれば、誰でもチーム・ＡＫＫＡの実体を丸裸にできるだろう。

堀井は黙って耳を傾ける。

「高度に発達したＩＴ社会では、秘密や機密などあってないに等しい。だからこそだよ、徹底的にこちらが注意を払っている、それもまた相手にメッセージとして伝わる。いいか、堀井くん。結局、どんなに厳重に守っても情報は奪われるものなんだ。だが、厳重を期せば、相手は情報略取の代償（だいしょう）として『時間』を失う。そしてな、私らの仕事はその時間が何より貴重なんだ。情報それ自体を守るのではなく、相手により多くの時間を消費させる。それが情報戦で勝つコツだよ。きみなら、よくわかるだろう」

うなずいた。そうだ、そうして会社を失った。だから、そうして会社を奪うのだ。

鮫島十三、このインテリジェンスの鬼と手を組んで。

## 情報、情報、そして情報

堀井はいつもどおりの手順を踏んで鮫島十三のセルシオに乗り込んだ。

「適当に走ってくれ」鮫島は正面を見据えたまま告げる。運転手は鮫島が津島証券に在籍していたときの部下だという。しかし、いくら元部下であろうが鮫島は他人を信用するような男ではない。ただ、絶対に裏切らせない、という自信があるのだ。

「役に立っただろ。あの情報は」
鮫島が自慢げに言った。

この数ヶ月、チーム・ＡＫＫＡが徹底的にリサーチしてきた「寝かせ」と「握り」は鮫島から得た情報がもとになっていた。去年8月、ちょうどサルを正式メンバーに加えたころの話だ。しかも鮫島はそのとき、ＬＩＧＨＴ通信の監査報告書まで入手していた。

監査報告書からは、ＬＩＧＨＴ通信が手当たり次第ＩＴベンチャーを買い漁ったことで、キャッシュフローが悪化している実態が読み取れた。本当にそのとおりなら、一部上場の審査をクリアできる水準ではなかった。

東証一部上場を目前に予定していたＬＩＧＨＴ通信の主幹事は津島証券。鮫島の古巣だ。何かしらの手段を駆使して入手したのだろう。

その報告内容を検察にリークすれば、ＬＩＧＨＴ通信は粉飾決算による強制捜査を受け、景山照栄は逮捕されるかもしれない。

だが、そんなことは望んでいなかった。

鮫島自身も報告書をどうこうする気はなく、情報共有をすませると車内に置いてある簡易シュレッダーにあっさり呑み込ませてしまった。

こんな情報に意味はないのだよ。鮫島はそう言った。その翌月の９月、ＬＩＧＨＴ通信は東証一部上場を果たした。主幹事の津島証券はそのディールで数十億規模の金を手にしたはずだ。キャッシュフローの問題など上場してしまえば改善される。そう考えたのだろう。その後、ＬＩＧＨＴ通信は再び企業買収を加速させ、市場を席捲していった。

「予定ではいつにするつもりだ？」鮫島の顔が対向車のライトを受けて明滅する。

「基本線は１週間後となる」と堀井。

「ふむ」鮫島はうなずいた。

鮫島は「何が何でも勝て」「負けたらどうなるかわかってるんだろうな」などといった迫り方はしなかった。

どちらが勝とうがこの男には関係ないのだ。

堀井が勝てばハードバンクは潜在的ライバル、ＬＩＧＨＴ通信を傘下に収めることになる。そのすべてを取り仕切った鮫島の功績はハードバンク社内で絶大なものになるだろう。最終的にＬＩＧＨＴ通信に軍配が上がっても、鮫島は一向にかまわないはずだ。たとえＬＩＧＨＴ通信が持ちこたえたところで、こちらの攻撃により景山が作り上げたビジネスモデルは崩壊する。ＬＩＧＨＴ通信傘下のＩＴ企業、いやゆる「ピカもの」はチーム・Ａ

ＫＫＡによって弱体化している。経営基盤を失ったＬＩＧＨＴ通信では支えきれず、手放すしかない。鮫島はそれをバルク（ひとまとめ）で買いたたけばいいだけの話だ。それからゆっくり立て直し、新興市場に上場させ、莫大なＩＰＯ（新規公開）による資金を手にする。資金が潤沢なハードバンクならわけもない。これもまた鮫島の功績となる。

こちらに協力しているのはあくまでもハイリターンをあてにしているからにすぎない。敗色濃厚となればあっさり見限るはずだ。

「まあ、時間が勝負だな。１ヶ月ってところか」鮫島は他人事のような口ぶりだ。

ＬＩＧＨＴ通信株を暴落させるのは、それほど難しいことではなかった。だが、時間がかかりすぎれば、上場ですでに莫大な私財を手にした景山がなりふり構わず反撃に出てくる。必死で買い支えていけば持ち直す可能性もあった。ＩＴバブルのシンボルであるＬＩＧＨＴ通信株の暴落を憂う個人投資家、機関投資家も買い支えにまわるかもしれない。

短期間のうちに大暴落を謀る。勝機はそれにつきた。

目安は鮫島の言うとおり１ヶ月だろう。

寝かせのスキャンダルでパニック売りが起こり、個人投資家たちの自己破産が話題になれば、マスコミは徹底的に景山とＬＩＧＨＴ通信をバッシングする。連日のストップ安は、買い支える動きを損切り覚悟の売り圧力に一転させ、景山を再起不能になるまで追い込むはずだ。

ここに至ってようやく鮫島は動く。裏を返せば、ここまで辿り着かないと表立った動きはとらない。景山の失墜を機にハードバンク社長・朴一誠を動かし、ＬＩＧＨＴ通信救済に乗り出す。そして、鮫島が実質支配する新生ＬＩＧＨＴ通信に堀井を新社長として招く。それが２人の描くシナリオだった。

だが、思惑どおり事が運ぶ可能性は決して高くない。鮫島は冷静に１割程度と見積もっているだろう。

局面を打開するには、鮫島をいまここで動かす必要があった。

この男に情実や泣き落としは通用しない。鮫島が信じるのは情報だけだ。情報、情報、そして情報。価値を持ち、金儲けにつながる生きた情報だけが、このインテリジェンスの鬼を動かす。

堀井は今日、奥の手を明かすつもりでいた。１枚の紙を見せる。

雑誌〈経済にっぽん〉の次号予告のコピーだ。巻頭特集の見出しが大きく躍っている。

〈ＬＩＧＨＴ通信スキャンダル　寝かせと握りを黙認したＪＩＴＴ　東京地検特捜部が近く強制捜査か!?〉

鮫島の眉がかすかに動いた。

電気通信事業大手のＪＩＴＴ（ジット）ことジャパン・インターナショナル・テル・アンド・テレコムは有力な業務提携先としてＬＩＧＨＴ通信を選び、携帯電話事業でライバル、ＮＴＴと熾烈(しれつ)な競争を繰り広げていた。その最中(さなか)、強制捜査のメスが入る、という趣旨だ。

鮫島が目で話を促す。

「これが４大新聞に広告として掲載される。その後、夕刊紙が後追いするよう根回ししておいた。最初はＬＩＧＨＴ通信に攻勢をかけ、頃合いをみてＪＩＴＴのケツもつついてやる。それで、ジ・エンドだ」

鮫島が大きくうなずいた。

「おもしろい。実におもしろい」

鈍い、サメのような目が光った。強く。暗く。深い。底光りする眼光。

「ふん、ブラックジャーナリズムでＪＩＴＴをつつくか。堀井くん、さすがだよ」

そして鮫島は明るい調子で「ぐうばい」と堀井の手を両手で握り込んだ。

ぐうばい——。九州出身の堀井は鮫島から初めてそれを耳にしたとき、九州方言の「ばい」かと思った。つまり「Ｇｏｏｄばい」かと。

でも違った。Ｇｏｏｄ-ｂｙでもなかった。

それは「Ｇｏｏｄ－ｂｕｙ」（いい買いだ）を鮫島なりに発音したもので、興奮したときに使うほめ言葉であった。

あの日、堀井は鮫島に自分を売った。景山に勝てるのならば、と。

自分の腹に手を当てる。ハリガネムシが復讐の炎をたぎらせていた。

いずれにせよ、近いうちに結末を迎える。もう賽は投げられたのだ。

でも。堀井はふと思う。

——でも、復讐の炎は本当に景山だけに向けられているのか？

腹の中のハリガネムシがうごめいた。

——いや、違う。

鮫島にも複雑な、鋭利な感情を抱いている自分がそこにいた。

## ネゴシエート・ハウス

ハードバンクの鮫島十三という人物がきみに会いたがっている。

小山完からそう伝えられた堀井は、さっそくハードバンクの大代表に電話をかけた。

取り次がれて電話口に出た鮫島は、４日後ある場所に来てほしいと住所を告げてきた。

受話器を置いたあと、指定された場所をネットで検索した堀井はいぶかしんだ。そこがホテルやレストランではなく、個人宅だったからだ。

渋谷区松濤にある、香坂大吉邸——。

香坂大吉の名前は知っていた。日本の石油王である。オイルショック前、単独で中東に乗り込み、油田開発に成功、〈あぶら大吉〉の異名をとる日本では珍しいタイプの経営者だった。

すでに一線から身は引いていたものの、日本の石油公団が開発している東南アジア、ロシア、北極海近海の〝日の丸油田〟において、いまも政財界に隠然たる影響力を持っている、そうささやかれていた。

約束の時間に香坂邸に到着した。しかし、執事に案内されたのは本宅ではなく、その庭に建てられた倉庫だった。

煉瓦壁のシックな造作で、倉庫といっても普通の一軒家並みの大きさだった。

重い樫のドアを執事がうやうやしく開けると、棚にずらりとワインが並んでいた。「どうぞ」そう促され、ひとり暗い階段を下りて地下室に出る。

「おお、堀井くんか。待っていたよ」

鮫島だ。容貌をあらかじめ確認しておいたのですぐわかった。満面の笑みを浮かべて握手を求めてくる。

その横には作務衣（さむえ）を着た老人が立っていた。あぶら大吉こと香坂大吉だろう。想像していた人物とは違い、いかにも好々爺（こうこうや）といった印象だ。

「香坂です。よくいらっしゃいましたね。まあ、汚い場所だが、ご覧のとおり酒とつまみは山のようにある。今日はゆっくりと楽しんでいらっしゃい」そう笑顔で応じる。

ワイナリーを改造した隠れ家といった趣で、室内中央には大きなテーブルが置かれ、膝掛けのついた5脚の椅子がそれを取り巻いていた。

「食い道楽が高じてしまいましてな」と香坂。

奥の空間は見事なキッチンになっていた。巨大な業務用冷蔵庫に、本格的な大型オーブンも備えつけてある。

足ごと吊るされた生ハムは最高品質の〈ハモン・イベリコ・デ・ベジョータ〉だという。その下には円筒の大型チーズ、キャビア缶、燻製（くんせい）にしたソーセージなど、いかにもワインとあいそうな食材がひしめいている。

「堀井くん、香坂会長はね、料理のほうもプロはだしなのだよ。今日は会長の料理と、自慢のワインを堪能させてもらおう」

鮫島は堀井を椅子に座らせる。

「最初はシャンパンでいいかな」

音を立てて栓を抜くと、ソムリエのような手慣れた手つきで黄金色(こがねいろ)の液体をグラスにそそいだ。

「シャンパンといえば、日本人は〈ドン・ペリニヨン〉しかないように言うが、私はこの〈アンリ・ジロー〉が好みでね、きみも気に入るといいが」

香坂が次々と料理を運んでくる。

生ハムメロン、キャビアを載せたフランスパンなど定番のアラカルト、さらには仔牛の脳みそのパイ包み、トリュフとフォアグラのソテーといった本格的な料理がテーブルを鮮やかに彩る。

香坂の腕前がプロ級というのは嘘ではなく、どれもこれも実に美味(おい)しかった。

もちろん、味という点だけでみればここより美味しい店はたくさん存在する。

だが、なんと言うのだろうか。香坂の料理はそのひとつひとつが相手を誠心誠意もてなしている。そう感じさせるものがあった。

シックな調度品に飾られた室内で、ひと際目を引いたのがローテーブルに置かれた大きなマグナムボトルだった。そこには幾人(いくにん)ものサインが記されていて、元首相、閣僚経験者、財界の重鎮など、錚々(そうそう)たる名が連なっている。

「ここはね、堀井くん。『ネゴシエート・ハウス』の１つなんだ。政財界で重要な何かを決めるとき、ホテルや料亭、あとは政府所有の迎賓館などで話し合っている、マスコミはそう伝えるだろう。だが、それは最後の詰めの段階だ。事前のすり合わせは軽井沢や葉山の別荘であるとか、こうした特殊な隠れ家で行うものなんだよ」

堀井はうなずいた。夜を徹して利害をぶつけあい、とことん話し合う。いくら口が堅いといっても、店やホテルのスタッフの目はどうしても気になる。関係者だけで安心して過ごせる空間が必要なのだろう。

「香坂会長はきみも承知しているように、そういう下交渉のプロ中のプロだ。食い道楽とか、趣味とか言って謙遜なさっているけど、私に言わせればそれは少し違う。こういう施設が必要だから作ったのだよ。みずからが料理を作るのも、その腕がいいのも、あらゆる酒をそろえているのも、すべて必要なことだからそうしているんだ」

料理の載った皿をひとつひとつ手元に引き寄せながら、鮫島は続ける。

「この脳みその包み焼きは、イスラム教徒のために配慮がなされたものだし、最近のロシア人はキャビア程度では喜ばないから鯨肉をふるまうのだよ。たとえば、そのカルパッチョ、さえずりといってミンククジラの舌だ。上物は松阪牛のタンより高い」

「鮫島くん、そんなことを言うと彼も困ってしまいますよ。堀井さん、まずは楽しむことです。そのために、うまい酒、うまい料理があるんですからね。上のワイナリーで遠慮せず、好きなワインを選んで飲んでください。あなたは若いんですから、何本空けたってかまいませんから」

そう笑いながら言うと「年寄りは夜が早いので、これで失礼しますよ」と部屋を出て行った。

ネゴシエート・ハウス。これから何をネゴシエート（交渉）するのだろうか。

夜はまだはじまったばかりだった。

## 成金

鮫島は初対面の場所をわざわざネゴシエート・ハウスに指定した。とすれば、やはりそれなりに込み入った用件があるのだろうが、いずれにせよ、それは2つに1つだ。

景山との戦争をけしかけるか、止めさせるか――。

だが、鮫島はなかなか核心に触れようとしない。

「どうしてハードバンクとＬＩＧＨＴ通信が手を組んだのか、わかるかね。結局、朴社長は1人では怖かったからだよ」

「怖かった？　あの人が？」

「そうだ。朴社長はいまITで1人勝ちしている。それが怖いのだよ。かつて、朴社長のライバルにITベンチャー企業の始祖〈アスナロ〉の東和之がいた。東和之、きみも知っているだろ？」

堀井はうなずいた。1980年代、朴と東は「コンピューター業界の若き2人の天才」として持てはやされていた。

東は学生時代、暇つぶしで遊びに行ったアメリカ旅行でマイクロソフトのビル・ゲイツと出会い、その後、起業することになる。アスナロは当時〈マイコン〉と呼ばれた8ビット機の主導権を握り、国内屈指のPC総合企業として令名を馳せた。

それに対抗したのが朴だった。

朴はスカラシップ（奨学金）で実現したアメリカ留学で計算機プログラムを作り上げ、帰国後、それを特許ごとメーカーに売った。その金を元手にわずか10坪の小さなパソコンショップを立ち上げる。それが、のちのハードバンクとなる。

2人は同じ年齢だったこともあり、メディアで比較されることも多かった。

「だがな、向こうはどうか知らんが、うちの朴社長は東くんのことを蛇蝎のように嫌っていた。そりゃあ、そうだ。あっちは芦屋のぼんぼん、こっちは在日差別もあって苦労して育った身だ」

東には有名なエピソードがあった。１９８０年代末、アスナロは店頭公開し、東は一夜にして80億円の資産を得た。だが、彼の両親や親族は「たった、それだけ？　コンピューターは儲からないんだな」と言い放ったという。

明治維新後、貿易商として財をなした東一族は、神戸や大阪の中心地に20棟の貸しビルやマンションを構え、丹波などにいくつも山野を所有していた。そんな環境で育った東は店頭公開で得た80億円を、公私の別なく平然と浪費し続けた。

その結果、アスナロは90年代半ば経営難におちいり、日本のコンピューター黎明期に登場した異能・東和之は第一線を退くことになる。

「堀井くんも知っていると思うが、やがてアスナロは放漫な経営がたたって事業崩壊する。その東くんに引導を渡したのが朴社長だった。アスナロと同じ事業を展開し、価格競争を挑んだ。芦屋のボンボンと、ささやかな鋳物工場で育った青年が節約合戦をしたわけだ。勝負は端からついていた。だがな、朴社長は東和之というライバルがいたからハードバンクが大きくなったこともよくわかっていたのだ。何もかも独りで切り拓くには、ＩＴ業界の成長は早すぎる。そこで東くんの代理を選ぶ必要に迫られた。もうわかるな」

鮫島はいったん言葉を切り、こちらの顔をうかがった。

「景山照栄の実家は板橋界隈の医者一族だ。病院や診療所をいくつも経営しているが、彼はその家を何の未練もなく捨てることができる男なのだよ。それはいまでも変わってはいない。ＬＩＧＨＴ通信を創業したときも実家からは一切、援助は受けなかった。その意味であの男もまた、朴社長と同じ『成金』なのだよ。『と金』と言ってもいい」

鮫島は「成金」を成金趣味と揶揄するニュアンスではなく、将棋の「歩」が敵陣で「金将」となる成り金という意味で使っていた。

「成金は攻めるのだよ、どんなときでも。負けそうだから、相手に喰われそうだからといって決して逃げたりはしない。堀井くん、いいかね、『歩』は強いのだ。ひたすら前に進むしかないからだ。敵陣に突っ込むしかないからだ。相手にすればこれ以上の脅威はない。『と金』になるしかない、そうわが身の定めを知る思慮深き『歩』は強いのだよ」

東はたぐいまれな才能を持ち、若くして成功し大金をつかんだ。だが、その性は決して成金ではなかった。鮫島はそう言いたいようだった。

「新しい、生まれたばかりの『世界』には成金が求められる。朴社長は感覚的にそれを悟ったのだ。だから東を虫けらのように踏みつぶし、少しでも隙を見せれば腹に喰いつく蛭のような男を仲間に選んだ。私も同様だろう」

鮫島が津島証券で反主流派として孤立するやいなや、朴は白羽の矢を立て参謀として抱え込んだ。堀井の調べによれば、津島証券時代、鮫島は徹底した改革開放論者だった。日本の証券取引の規制を撤廃し、世界の金融市場に打って出る。金融機関とは飢えたオオカミのような、狡猾(こうかつ)なハイエナのような捕食者=ハンターであるべきだ、それが鮫島の持論だった。

空前の好景気だったバブル時代、鮫島の方針は支持され、40代半ばで取締役に就任、異例の出世を果たした。

しかし、バブル崩壊により津島証券での未来はあっけなく閉ざされた。金融ビッグバンを控えながら、津島証券は日本国内の金融資産を管理できれば十分だという経営方針に転換した。そして堂々と政府の保護を求めた。

「津島証券は首輪を付けた犬っころになるのを選んだ」鮫島はそう吐き捨て、辞表を叩きつけたという。

「成金の性は、悪だよ、堀井くん。いいか、悪なのだよ。景山は街にたむろするギャングだ。うちの朴社長は起業家でなければインテリヤクザとして、どこかの組織に収まっていたはずだ。２人はいまでこそ善人のふりをしているが、素顔は悪人なのだ。悪だからこそ、何度も何度も修羅場をくぐり抜け、強者になれたのだ」

「堀井くん」鮫島はテーブルにひじをつき、ゆっくり手を組んだ。顎(あご)をあげ、睨みつけるように見据えてくる。

「きみに足りないのはそこだよ。だから間抜けな顔をさらして会社を追い出されるんだ」

堀井は、ぐっと呻いた。反論できなかった。それは事実なのだ。

鮫島が声を和らげる。

「きみは、まず、成金を目指すべきなのだよ」

## 悪とは実績、悪とは知恵

夜は更けていく。

ワインを1本空けた鮫島は饒舌にこんな講釈をはじめた。

「ハードバンクという企業は基本的に流通業といっていい。その実態は問屋なのだよ。問屋とは簡単に言えば倉庫があるだけだ。倉庫は一見、大きく見える。でも中身はない。いまハードバンクに価値があるのはたった2つだけだ。1つはIT業界トップとなった朴一誠という人間と……。そしてもう1つは、この私だ」

堀井はこの男の物言いや態度が気に入らなかったが、席を立てなかった。

きみには悪が足りない――。さきほどの鮫島の指摘が頭から離れない。

悪は憎しみからは決して生まれはしない。どんなに景山を恨み、つらみ、悪意を持とうが、悪にはなれない。悪は、実績なのだ。悪は、知恵なのだ。悪は、経験なのだ。修羅場をかいくぐり、生き残ったものだけが得られる強さを、悪、というのだ。いまの自分は修羅場こそ経験したが、まだくぐり抜けたわけではなかった。鮫島の言葉を借りれば、まだ「歩」に過ぎなかった。それは認めざるを得ない。堀井は奥歯を嚙みしめた。

「もう1つ、きみに教えておきたいことがある。その会社、経営者が今後どうなっていくか。潰れるのか、成長するのか。監査報告書やアナリストのレポートをいくら見てもそれはわからない。大事なのはそれが何に、誰に似ているか、だ。そこには必ず一定のパターンがあるものなのだよ。景山照栄に初めて会ったとき、私はすぐにある人物を思い出した。小松崎栄だ。堀井くん、知っているかね？」

初めて耳にする名前だった。首を振ると鮫島は手帳のメモ欄に「日本一成」と書いた。

「小松崎の異名だ。ひのもといっせい、と読む。にほんいちなり、とも読めるがな」鮫島は手帳を内ポケットに戻して続ける。

「〈キャバレー・ハワイ・グループ〉を一代で築き上げた昭和、いや戦後ネオン街の成金だよ。水商売のボーイだった23歳のときに身ひとつでキャバレーをオープンさせ、それからわずか15年で店舗数1300、年商1400億円まで上り詰めた。

キャバレー・ハワイはな、私も若いころ何度か行ったが実に最低の店だった。接客するのはみんな私の母親のようなばあさんで、ボーイも不良連中ばかりでな。当時、キャバレーといえば大箱といって、数百人収容できるような巨大な店舗が主流だった。大きな街の中心地にあって値段も安くなかった。ステージではダンスや歌謡ショーが繰り広げられ、ドレスアップしたホステスが相手をしてくれる。庶民にとっては年に1度特別な日に行く、そんなハレの空間だった。

その中にあってハワイは繁盛したのだよ。大箱キャバレーの真逆をやったのが勝因だった。客に来てもらうのではない、客のところへ出向く、それが小松崎の哲学だった。工場や大学や独身寮がある街の駅前に出店する。そして値段は徹底的に下げる。ホステスの愛想もいい。サービスも格別だ。ピンクキャバレーというのだがな、胸だろうが下半身だろうが、どこを触ってもいいいし、男のものも触ってくれる。要は風俗と飲み屋をセットにして、廉価で提供したのだよ。繁盛しないわけがない。

小松崎は徹底したコストダウンと機動力を経営方針の軸にすえた。美貌のホステスを雇おうとすると賃金が高いうえ、お高くとまってしまってサービスが不十分になるおそれがある。ハワイは容姿に難のある中年女性、とくに子持ちの離婚経験者を積極的に採用した。当時では珍しい託児所を併設してな。そして客のあらゆる要求に応じるように教育した。

ボーイも同様だ。学歴のない不良たちを進んで雇い入れ、安い給料でこき使った。その代わりに一定期間勤め上げると、まとまった独立資金を援助するシステムも作った。

そうして独立した店舗はフランチャイジーとなり、本部に上納金を納めるのだ。しかも1次フランチャイジーは『親』となって、同様に独立した『子』を2次フランチャイジーにして上納金を吸い上げた。ある種のねずみ講だ。

ん？　どこかで聞いたことのある話じゃないかね、堀井くん」

答えるまでもなかった。LIGHTショップの運営構造とまったく同じだ。堀井はおずおずと口を開いた。

「どうやってハワイは、小松崎は……」

潰れたのか、潰されたのか――。

「表向きはこう言われている。ねずみ講的なフランチャイズ展開で莫大なロイヤリティが入ってきたことに気を大きくした小松崎は、看板だけのクズのような会社を買いあさったのだよ。自分の見栄のために。さらに高学歴の人材を見境なく高給で雇いだした。徹底されていた資産管理が雪崩を打ってくずれていったのだよ。

しかしね、堀井くん。決定的な要因は別にある。

時代が終わったのだ。ネオン街におけるハワイのような、小松崎のような成金の時代が。

小松崎とハワイの存在意義はな、堀井くん。戦争で焼け野原になった日本がなんとか一等国になろうと必死になっていた時代、そうした高度経済成長時代の労働者の慰安（いあん）だったのだよ。経済が安定成長に入った瞬間、その役目を終えたのだ」

その意味で言えば、ＬＩＧＨＴ通信も間もなくその役目を終える。ＬＩＧＨＴ通信の本質はディストリビューター（代理店業）だった。正確にはＩＴ企業ではない。新しく登場したＩＴと、旧来型産業のハイブリッドであった。

だからこそ、ネット社会への移行期だった１９９０年代を席捲できたのだ。

堀井は、はっとして鮫島を見た。

とすればＬＩＧＨＴ通信だけでなくハードバンクも――。

「何かと示唆に富んでいるだろう、この話題は。いろんな教訓をはらんでいる」

鮫島はワイングラスを傾ける。ゴキュゴキュとのどが鳴った。

堀井ものどを鳴らした。ワインではなく唾を呑み込んだのだ。

## 共喰い

「最後にあと１つ、質問をしよう。堀井くん、今日の料理は、香坂会長の料理はどうだったかね」

突然、話題を変えてきたことに戸惑いながらも答えた。

「美味しさだけでなく、それ以上に香坂さんのもてなしの気持ちがよく伝わってくる料理だと思いましたね」

鮫島は笑った。それはどこか小馬鹿にしたような笑い方だった。

「そうだ、確かに会長の料理は、美味い、というより気持ちのいい料理になっている。それはこの場所、ネゴシエート・ハウスの料理として実にふさわしいものだ。だがな、堀井くん。私が問うたのはそういうことじゃないのだよ。いいか、よく聞きなさい。私が質問したのは、どうして、そういうメッセージを持った料理を作っているのか、ということなのだよ。きみはそのメッセージを正確に受信した。だが、それだけだ。インテリジェンスの世界ではその次を読み取るのだよ。なぜ強いメッセージを発しているのか、と」

鮫島の顔から笑みが消えた。

「答えはこうだ。このメッセージを受信できないやつは信用できない、そういう選別をするためにこのメッセージは発せられている――。きみは間違ったのだよ、私の問いに」

眼光が堀井を刺す。

「私も初めてここに来たとき同じ質問を受けたが正しく回答したよ。ただし40代の終わりのことだ。いいか、堀井くん。若さは武器ではない。弱点なのだよ。もし、きみが正答すれば、今日は何も言わないつもりだった。きみはきみの好きなように、景山照栄と戦争すればいい。ここに招いたのは、きみが勝利をたぐりよせる自力の持ち主かどうかを確認するためだった。もしそうなら私は今後それを考慮してふるまう必要がある、とね」

堀井は目頭をもむ。手が汗ばんでいるのに気づいた。物音ひとつしない室内に鮫島の声だけが響く。

「だが、きみは誤った。だから言わせてもらう。私と組みたまえ。きみがあの男に勝つには、いや、もっと正確に言おう、勝つ可能性がわずかでもあるとすれば、私と手を組んだときだけだ。きみが景山と戦うつもりなのはわかっている。戦うと決めている以上、きみに選択肢はないのだよ」

堀井は震えた。屈辱と、この男の正しさに。いまのままでは１００回戦っても、１００回負ける——。

「わかった」堀井がかろうじて口にできたのはその４文字だけだった。

鮫島は口許（くちもと）におだやかな笑みを浮かべる。

「多少、厳しい物言いをしたが、私はね、きみをとても評価しているのだよ。きみに足りないのは経験だけだ。それを私が補う。そうすれば勝負はおもしろくなる」

鮫島は棚からワインを取り出した。

「〈シャトー・ラフィット・ロートシルト〉、かのロスチャイルド家が所有する血のごとき赤ワイン、それも1972年、堀井くんの生まれ年のものだ。まあ、この年は当たり年ではないが、バースデー・ヴィンテージだ」

栓を抜き、澱が入らないようにゆっくりデキャンタにそそいだ。鮫島は黙ったままワインが開くのを待つ。ひと口含む。

「もう、いいようだな。なかなかのもんだよ。乾杯だ」

鮫島がグラスを掲げた。

堀井は味わうこともなく、それを発泡酒でも飲むようにあおった。

ある種の鮫は卵を体内の腹腔に産みつける。そこで孵化した仔鮫は、共喰いを繰り返し、最後に生き残った1匹が出産のかたちで産み出される。その鮫はやがて人を喰らう獰猛な成魚となる。

いまＩＴの世界で起こっているのは、そういうことだった。

母鮫のなかで、生き残るのはたった1匹。

あとはみな、そいつに喰い殺される。

「堀井くん、きみはまだ『歩』にすぎない。だがね、きみはあと一歩で敵陣に入る、『成金』になる直前の歩なのだよ。だからきみを買ったのだ」

鮫島は堀井の手を両手で握りこむと、明るい調子で言った。

「ぐぅぅばい」

Ｇｏｏｄ－ｂｕｙ――。

「きみを買った。実にいい買い物だ」

鮫島の目は不敵に底光りしたままだった。

## 第6章　奇跡

### ロスタイム

うららかな春の朝日とは対照的だった。ネクサスドアに集結したメンバーたちは一様に浮かない顔をしていた。

4月1日。LIGHT通信との交戦がはじまって、間もなく1ヶ月になろうとしていた。タイムリミットは迫っている。

小山完はドリンク剤の空き瓶(びん)をゴミ箱に放り込む。昨夜はほとんど寝つけなかった。

「どうよ、小山の師匠、夜逃げの準備はできたんか？」

そんなサルの冗談もいまではシャレにならない。

淀(よど)んだ空気がアジトを漂う。

小山は下げポジション、株価が下がることを見越して億単位の空売りをかけていた。予定どおり株価が下がれば、莫大(ばくだい)なキャピタルゲインを手に入れることができるが、下がらなければ億単位の追加の保証金「追い証」が必要となる。その期日は2日後に迫っていた。間に合わなければ文字どおり自己破産だ。

「堀井くんが、今日必ずストップ安になる、そう断言していたからね。ここまでくればその言葉を信じるしかないよ」

先制攻撃は成功した。

3月初旬、2年の歳月をかけて準備してきた対ＬＩＧＨＴ通信、対景山との戦争がはじまった。その口火を切ったのは〈週刊白秋〉のスクープ記事だった。

〈ＬＩＧＨＴ通信　躍進を支えた違法ビジネスの正体〉

そんなセンセーショナルなタイトルで「寝かせ」の実態が克明に紹介された。続く金曜発売の写真週刊誌にはＬＩＧＨＴショップ元店長が、すべては上層部の指示だったと明かす告発手記が掲載された。

その結果、翌週の月曜には個人投資家を中心に売りが殺到し、ＬＩＧＨＴ通信株は一気に20％も下落した。

さらにメンバーたちはワイドショーなどのテレビメディアにもＬＩＧＨＴショップ関係者を紹介し、景山の派手な女性関係や危ない人脈を報じさせた。連日のようにＬＩＧＨＴ

通信ネタがテレビをにぎわせた。

高松大学は景山を中傷するスレッドを続々と立ち上げ、サルと美月は元ＬＩＧＨＴショップ店員を探せるだけ探し、金で転ばしてはマスコミに口を割らせた。

小山も投資家向けに「寝かせ」と「握り」のビジネスモデルに頼っているＬＩＧＨＴ通信の経営方針を批判するレポートを送りつけ、売り圧力が加速するよう仕向けた。

結果、ＬＩＧＨＴ通信の株価は買い支えようとする勢力が、売り抜けようとする圧力に屈するかたちで、がくんと下げては持ち直し、そこからまたがくんと落ちる、というトレンドを繰り返した。

最高値で25万円オーバーに達していたＬＩＧＨＴ通信株。10万円台を割れば、パニック売りが堰(せき)を切ったように起きるはずだ。

３月の中旬にはその一歩手前、13万円台まで下落していた。

ところが、ここから状況は一変する。

メディアのトーンが一気に下がったのだ。それまで週刊誌がスクープを飛ばし、それを新聞とテレビが後追いするかたちで報道が過熱していた。しかし、どこも形式的な情報だけを伝える姿勢に転じたのだ。

雑誌も経済専門誌を中心に〈ＬＩＧＨＴ通信株は再び上昇する〉〈ＩＴブームは今後も

続く〉と煽り記事が目立ちだした。

株式市場でも変化が起こっていた。ＬＩＧＨＴ通信株と、その関連銘柄に大量の買いが入りはじめたのだ。

３月下旬にかけ、１週間の買いと売りのもみ合いののち、ＬＩＧＨＴ通信株は再び上昇トレンドに回復していった。そして３月末、昨日の時点では、最盛期の８割近くまで株価は回復してしまった。

景山サイドの巻き返しがあることは織り込み済みだった。だが、反撃は予想をはるかに超える規模で起こっている。ＬＩＧＨＴ通信と景山個人だけでできる芸当ではない。何か見えない力が働いている、そう考えざるを得なかった。

「負けた……」昨日の後場が終わったとき小山は思わずつぶやいた。

しかし、堀井健史に動揺の色はなかった。

「明日だよ、明日」ニヤリと笑う。

「何が？」とサル。

「ストップ安になるんだよ、明日から、連日」堀井は言い切った。

メンバーは顔を見合わせ、肩を落とした。

「気休めにもならないわ」美月がため息交じりでぼやく。

「気休めなんかじゃない。明日は朝いちに集まってみんなで戦況をみよう」

もうすぐ前場(ぜんば)が開く。メンバーたちの口数は少ない。重い空気に耐えきれなくなったのか、美月が小山に話しかけてきた。

「結局、何が原因だったの?」

「どうやら、NTT以外の新電電系携帯電話会社と、端末メーカー各社が動いたようだ」

新電電系の中心は、JITTを中心に、JR、東京電力、中部電力、トヨタ、京セラなどの日本屈指のエクセレントカンパニーが揃っていた。インフラ整備の必要な携帯電話事業は莫大な初期コストがかかる。それに耐えうる体力のある大企業でなければ参入できないのだ。これに携帯電話を製造しているメーカー各社を加えれば「ザ・メイド・イン・ジャパン」連合となる。彼らが「LIGHT通信は必要」と判断すれば、形勢が逆転するのも当然と言えば当然だった。メディアにひと言「LIGHT通信問題を大げさに扱うな」と圧力を掛ければすむ。大スポンサーである彼らが動けば、メディアは口を噤(つぐ)まざるを得ない———。小山がかいつまんで説明した。

「最初から勝ち目なんぞ、なかったと言うんか!」サルが気色(けしき)ばむ。

「で、でもLIGHTショップがやってるのは詐欺まがい、いや、詐欺そのものじゃないか。う、売ってもないのに、売ったことにして、そ、それでお金もらってたんだから。そこ、そこを突くのは間違いじゃなかった」高松がサルをたしなめた。

「逆にでかい企業なら景山とＬＩＧＨＴ通信を切ってもよさそうなのに、なんで、そうならんかったんじゃ？」

「どうして寝かせや握りを、日本を代表するような大企業が認めてきたか。まあ、認めていたとは彼らは言わないだろうけど、黙認してきたんだと思う？」

「わしにわかるはずなかろうが」

「あ、そうか」高松が声を上げる。「ＬＩＧＨＴショップが扱っているのは、ＮＴＴ以外の携帯電話会社で、ピッチ（ＰＨＳ）を入れると５社ある」

「なるほどねえ」美月が腕を組む。「あんたがＬＩＧＨＴショップの店員だとして、私が新規の客で店に来たとするでしょ。あんた、私に、どの携帯電話会社との契約を薦める？」

「わしなら、そりゃあ報奨金のいい、インセンティブがっぽり入る会社の携帯を薦める――」

そうか、わかった。携帯電話会社はＬＩＧＨＴショップで自分とこの携帯を優先的に薦めてもらうためにインセンティブ、握りをやって、さらに寝かせをやったとしても、多少のことは目を瞑ってきたっちゅうわけか」

「ご名答」と小山。

「じゃあ、たとえＬＩＧＨＴ通信とＬＩＧＨＴショップが潰れても、結局似たようなことが続くことにならんか？」

「さすが広野くん、そのとおりだ。いまの状況が続くかぎりＬＩＧＨＴ通信のような業態は必要悪として存在し続ける。でも新電電系携帯電話各社が合併するなり、グループとして再編成されるなりして、整理統合されれば話は違ってくる。端末本体の販売はいまのＮＴＴみたいに自社の直営ショップでまかなえるようになるだろう。実際そういう流れができていた」

高松が「３Ｇだ」と小声で言う。

「そう。２０００年の今年から第３世代の携帯電話規格がスタートして、莫大なインフラ整備費が必要となってきた。合併するには実にいいタイミングだ。それを見込んで、この３月に仕掛けたんだよ」

「なら、どうして……」美月が顔を曇らせる。

最初の話に戻ってしまった。どうして携帯電話各社は、ＬＩＧＨＴショップを守る方向に転じたのか。

小山も頭を抱える。

「そこなんだよ。寝かせと握りの問題が表沙汰になれば、合併の動きを加速させつつある新電電系の携帯電話各社は、ＬＩＧＨＴ通信をあっさり見捨てるだろう。僕はそう踏んでいた。彼らから切られればＬＩＧＨＴショップは存在意義を失い、ＬＩＧＨＴ通信のビジネスモデルも崩壊する。ここまでは比較的簡単にことは進むと思っていたんだが……」

小山はこの計画に問題があるとすれば、ＬＩＧＨＴ通信自体の乗っ取りのほうだと考えていた。ＬＩＧＨＴ通信株を暴落させることはできるが、景山を退陣に追い込むのは相当やっかいだ。創業者である景山が頑強に抵抗し、会社を潰す覚悟で徹底抗戦に出てくれば、先に干上がるのはチーム・ＡＫＫＡのほうだろう。暴落から間髪入れず退陣に追い込めるかどうかが勝敗を分けるポイントになるはずだった。それが前段階で頓挫しているのだ。

考えられる要因は１つしかない。

合併話を何らかのかたちで景山がジャマしている、という可能性だ。言い換えれば、景山はチーム・ＡＫＫＡの動きを事前に察知して対策を練っていたのではないか。いずれにせよ、日本企業お得意の先送りで携帯電話会社が解決を図っているとすれば、こちらに勝ち目はない。事実、あと２日もすれば小山は自己破産するしかなくなるのだ。

「あっちのほうが、一枚上手じゃったかのう」うなだれるサル。

「あと５分」高松が時計を見ながら死刑執行時間を読み上げるように言う。現在８時55分。前場は午前９時に開く。ここで堀井が言うように大暴落しなければ、チーム・ＡＫＫＡの敗北と、小山と堀井の破産が確定してしまう。

「残り5分か。サッカーでいうところのロスタイムじゃのう」

奇跡は起こりそうにない。

「お兄ちゃん、まだかな」

由里子がそう言ったとき、ようやく堀井がアジトに入ってきた。

「間もなくだな」堀井が明るく言う。

「僕たちが、勝利する瞬間が」

## 嘘だろ?

午前9時、東京証券取引所の前場が開いた。

パソコンのＬＩＧＨＴ通信株チャートは開始早々、がくんと５０００円程度、一瞬で下落した。小山はガムを嚙(か)みながら静かに見守る。

チャートを見るメンバーたちも何も言わなかった。この程度の下落は、珍しいことではない。５０００円の下げは一見、大きいように思えるが、ＬＩＧＨＴ通信の昨日の終値は19万６４３３円。下落率でいえば、わずか２・５％にすぎない。

「どうせ確定売りだよ」高松がすねたように言う。

朝一番、証券会社や保険会社などの大口機関投資家が利益を確定するため、とりあえず売りを出したのだ。しばらくすれば個人投資家たちが株価チャートを見て、どんどん買いを入れてくる。前場の終わるころには株価は持ち直してしまうのだ。後場では、今度は機関投資家が買いを入れ、逆に個人投資家は売りを出す。この２週間、これを延々と繰り返しながらＬＩＧＨＴ通信株は上昇トレンドを描いてきた。

ここまではいつもと変わらない。

堀井の余裕しゃくしゃくの表情も変わらない。小山が苦笑いした瞬間だった。さらに５０００円近く一気に下がった。ガムを嚙む動きが止まる。

「えっ！」堀井を除くメンバーの口が開いたままになった。

「驚くのはまだ早い。今日は前場でストップ安までいくぞ」

「まじで！　ここから４万円以上、下がるんか！」サルが目を剝く

20万円前後の株価ならストップ安の目安は25％。取引額でいえば５万円の下げだ。

株価チャートが少し持ち直す。ＬＩＧＨＴ通信を買い支える勢力が動いているのだ。

問題は次の動き。ここで盛り返すようならいずれ値は元に回復する。デイトレードの個人投資家たちが安さにつられてアリのように群がって来るだろう。小山は手のひらで顔を

拭った。

「も、もし、こ、ここでまた下がるようなら……」高松がモニターを凝視する。

全員、固唾(かたず)を飲んで見守る。

チャートが動く。

今度は一気に1万円、5％下がった。

「ひゃっほー!!」サルが書類を放り投げた。

美月と目が合う。小山は胸を撫(な)で下ろす仕草(しぐさ)をしてみせる。堀井を見ると、表情ひとつ変えていなかった。

これで前場が開いて20分足らずで2万円近く下げたことになる。株価のチャートは必死になって小刻みに上昇しはじめる。

こうなれば子猫にいたぶられるネズミと一緒だった。ある程度上がったところで、再び売り勢力にどかんと浴びせられるだけだ。

1時間かけて1万円回復した。

「そろそろ、来る」高松の喉仏(のどぼとけ)が動く。

がくん。チャートが一瞬で1万円下がった。

これで勝負あり、だ。

買い支えようと株価を上げれば、狙い澄まして売りを浴びせられる。もはや買いの勢力は動くに動けない。

あとは放っておいてもパニックを起こした個人投資家の売り殺到で、堀井が言うように前場のうちにストップ安になるだろう。

小山は小刻みに下がりだしたチャートを見ながら「まるで断末魔（だんまつま）だな」とつぶやいた。

きっとパニックになった投資家たちが損を覚悟で、投げ売りに出たのだろう。彼らは信用取引で株を売買する。信用取引は勝てばいいが、負ければ地獄だ。損を覚悟で売ったところでもはや焼け石に水。その多くが破産することになる。チャートのわずかな動きから、幾千、幾万の投資家たちの阿鼻叫喚（あびきょうかん）が聞こえてくるようだった。

小山はこの2週間、上昇に転じたＬＩＧＨＴ通信株を前にした自分の心境を重ねた。

「おう、おう、下げとる、下げとる」そんなことお構いなしとばかりにサルがはしゃぐ。

ストップ安の目安となる5万円下げまで、すでに1万円を切っていた。

「ほれ、あと少しじゃ、まくれ、まくれ、まくらんかい！」まるで競馬場のおやじだ。

そして、株価チャートが横線を描いた。

ついにストップ安だ。

「ふーぅ」深いため息が漏（も）れる。

「やった！」美月と由里子が手を合わせて飛び跳ねた。

「小山の師匠。夜逃げせんで、ようなったのう」

「ああ。助かったよ。堀井くんを信じていなかったわけじゃないけど、さすがにねえ」

「それより、ナンボ儲かったん？」

「あ、そうか」と小山は電卓を弾き、思わずのけぞった。「10億円を超えてる！」

「地獄からいっぺんに天国ね」美月が笑う。

「いったい、どんな魔法を使ったんだい？」

メンバーの視線が堀井に集まる。

「JITTだよ。間もなく、LIGHT通信の寝かせと握りを黙認した容疑で、JITTに東京地検特捜部が強制捜査に入る、その情報が今日、4大紙の朝刊に載ったんだ」

「嘘だろ？」テレビをちらりと見る。もし本当ならいまごろマスコミは蜂の巣をつついた騒ぎだ。画面では若い女性タレントがスイーツを食べ、目を白黒させていた。

高松も「ネ、ネットのニュースをチェックしたけど、で、出てなかった」と当惑している。

「そりゃそうさ」堀井はアタッシェケースを開けて新聞を取り出した。「25面に載っている」

「あ、ホントだ。でも、こ、これ……」新聞を開いた高松が後頭部を掻く。

確かに〈寝かせと握りを黙認したＪＩＴＴ　東京地検特捜部が近く強制捜査〉と見出しが立っていた。ただしそれは紙面下段にある〈経済にっぽん5月号〉の広告のなかだった。

しかもよく見ると、「捜査」のあとに「!?」がついている。捜査に入るかもしれない、そんな噂がある、という意味でしかない。

「ネットでは新聞のニュースは流れても、広告は載らないからな。大学が気づかないのも当然だ」

「この広告、全紙に載っけたんだ。ＪＩＴＴ……なるほど、そういうことか。妙案だね」

小山は感心した。

「なんよ、小山の師匠、ちゃんと説明してくれえや」

「携帯電話会社合併の最大の障壁になっていたのがＪＩＴＴなんだよ。自分たちより企業規模の大きい他の事業体に対して主導権を握れないかぎり、合併に応じない構えだったんだ」

堀井が説明を引き継ぐ。

「ＪＩＴＴはかつて日本の国際電話事業を独占していた。貿易立国の島国で、海外の情報を一手に引き受けてきたんだ。情報通信の要は国際電話だと信じて疑わなかった彼らのエリート意識はすさまじいものがあった。ところが1960年代に入ると、テレビが衛星中継をスタートする。さらに80年代にはインターネットが到来。ＪＩＴＴの存在意義は次第に薄れていった。そして85年、ＪＩＴＴは国の特殊会社をはずれ、一般企業に移行した。でも企業体質はすぐには変わることなく、日本の情報通信の中心だというプライドを守るため携帯電話事業にすべてをかけてきた。

その一方、彼らにはトラウマがある。いまから20年前に起きたＪＩＴＴ事件さ。国際電話の通信料を安くしてほしいという利用者の声を退けるため、ＪＩＴＴが郵政官僚に賄賂を渡していたことが発覚し、社長以下、幹部が根こそぎ逮捕されたんだ。その事件を機にクリーンなイメージが崩れたＪＩＴＴは、失調を重ねていくことになる。

だから彼らはスキャンダルをとにかく嫌う。ＬＩＧＨＴ通信の寝かせと握りの問題がマスコミで取り沙汰されてもいっさい取材に応じず、沈黙を貫いていたのはそのためさ。

そこに、経済にっぽんの広告が出た。いかがわしい雑誌であっても、強制捜査間近と全国紙で宣言されてはたまらないはずだ。しかも見出しのあおりは〈第2のＪＩＴＴ事件か〉だよ。ＬＩＧＨＴ通信との後ろ暗い関係を続けるのか、合併協議に応じる方針に変えるのか。後者を選択するのは火を見るより明らかさ」

堀井は肩をすくめてコーヒーをすする。

「そのへんの事情に通じた一部の投資家たちも、ＬＩＧＨＴショップ消滅を危惧（きぐ）して、いまのうちに売り抜けようとする。だろ？」小山が言うと、カップに口をつけたまま何度もうなずいた。

「それにしても総会屋じみた、あくどい手、よう思いついたもんじゃ」

「総会屋？」と美月。

「この経済にっぽんみたいな雑誌をブラックジャーナリズムっちゅうんじゃ。スキャンダル記事を作って、企業に見せる。掲載を取りやめる代わりに、ごっつい高い金をせびるわけや。もし拒否すれば見せしめに新聞広告として載せる。普通の人は新聞に出とるっちゅうだけで信じるからな」

「ふーん。健史さんもなかなかやるぅ」美月が悪戯（いたずら）っぽく笑う。「でも昨日今日思いついてやれる手じゃないわ。ずっと裏で準備してたのね」

「まあ、そんなとこだ」堀井はコーヒーカップを片付け、由里子に小銭を渡す。「悪いんだけど、駅のキヨスクで夕刊紙を買ってきてくれないかい」

由里子は堀井の肩を何回か揉みほぐすと、足早に事務所から出て行った。

「夕刊紙も動かしたのか」小山はあきれた。

高松が「あ、すごいよ、これ」と声を上げた。「いま、投資専門サイトで、景山照栄が上半期の経営予測で下方修正をしたって大騒ぎになっている」

寝かせや握りのスキャンダルが噴出しても、景山は経営予測で強気の姿勢を崩さなかった。それが下方修正を発表したのは、ＪＩＴＴから最後通牒を突きつけられたからだ。

景山の巨大な居城であるＬＩＧＨＴ通信が陥落した瞬間だった。

## 2代目社長

由里子が夕刊紙を何部も買い込んで戻ってきた。

「すごいよ、お兄ちゃん。ほら、どこも1面で扱ってる！」

どの紙面も、ＬＩＧＨＴ通信とＪＩＴＴの本社ビルに強制捜査が入るであろう観測を記している。

堀井は記者たちの取材で慌てふためいたＪＩＴＴの経営陣が、ＬＩＧＨＴ通信切りを決意するさまを目に浮かべた。

「早版だから間に合わないが、遅版ではストップ安記事が躍ることになる。これで強制捜査が入ろうが入るまいが、ジ・エンドだね」と小山。

堀井は黙って新聞を眺めていた。

景山照栄とＬＩＧＨＴ通信は、あまりにも危険な状況のなかを綱渡りしてきた。それを安定している、普通のことのように思わせてきた景山のカリスマ性がすさまじかったのだ。それだけに、ほんの少しバランスを崩すだけで、一気に瓦解する危うさも内包していた。

しかし、その「ほんの少し」が至難の業だった。

まずは正攻法で攻撃を仕掛け、相手に十分反撃の余地を与え、いったん「勝った」と思わせる。こちらが万策尽きた、お手上げだ、相手がそう油断するまで堀井は待った。

その瞬間を見計らい、最後まで隠し持っていた奥の手を繰り出す。

景山照栄、あんたに教わったやり口だ――。

新聞から目を離し、メンバーを見渡して口を開く。

「今後の見通しを言っておくと、これから連日ＬＩＧＨＴ通信株はストップ安を繰り返すことになる。今日だけで個人投資家は千人単位で破産した。マスコミはそれを大義名分に猛烈なバッシングを再開する、やらざるをえないんだ」

「ほう、それで報道せんでも、やつらにネタを流し続けろと言ってたわけか」サルが満足そうに顎をさする。

「そうなれば、景山を支え続けてきたキャリアと端末メーカーも現体制を認めるわけにはいかなくなる。そこで、だ。頃合いを見て、ハードバンクが動く手筈になっている。朴一誠がＬＩＧＨＴ通信救済を表明し、ＬＩＧＨＴ通信にＴＯＢ（株式公開買付け）をかける。

それにともない景山は辞任、早ければ2ヶ月後にもハードバンク傘下のＬＩＧＨＴ通信の新体制が発表されることになるだろう」

メンバーたちが目配せをしあう。

そのあとは聞かなくてもわかってる――。

それでもみな次の言葉を待っていた。

堀井が続ける。

「その新社長に就任するのは……ＬＩＧＨＴ通信2代目社長は……」

一度、天を仰ぐ。

「僕だ、この僕だ!!」両手を広げた。

その瞬間、ネクサスドアは歓喜で沸いた。

「うっひゃああ、ロスタイムからの逆転だあ！」高松が珍しく大声で叫んだ。

「よっし！　よっし！」小山が喜んだ。

「やったあ！　やったね！」美月がはしゃいだ。

「すっごーい、お兄ちゃん！」由里子が歓声を上げた。

「うっほう、うっきいいい！」サルが理性を吹っ飛ばした。

「勝った、ついに勝った！　あの強い男に！」

堀井が渾身（こんしん）のガッツポーズを決めた。

そうだ。僕は成った。

いま、歩から金に成った。

成金だ。僕は成金なのだ。

## コスプレパーティー

ストップ安となった午後、ネクサスドアはかつてない熱気に包まれていた。

サルと美月のもとにはＬＩＧＨＴショップの元店長や関係者の消息を尋（たず）ねるマスコミからの連絡が殺到し、対応に追われていた。

堀井と小山は今後の対応を相談している。

「そうだな。想定では今日から3週間連続、だいたい20営業日前後までストップ安が連続するはずだから、株価は1万円を切っていくだろう。次の1週間で10万円台、２週後が４万円、最後の底値が８０００円程度。ともかく空売りをこのまま継続してくれ」

「わかった。で、ハードバンクはいつごろＴＯＢをかける？」

「底値で1万を切ったぐらいだろうな。そこで1万2000円でTOBをかければ、買収資金は200億円ぐらいで済むんじゃないか」

「昨日まで時価5兆円の企業があっという間にそこまで落ちるか……」

高松はパソコンの前でなにやら一心にキーボードを叩き、イラストのようなものを作成していた。由里子が声をかける。

「大学くんは何をしているの？」

「あ、こ、これ？　か、景山を描いたアスキーアート。こうやって文字や記号を使って、お絵かきするんだ」

景山が現金を両手でむんずと摑(つか)んでいる。由里子がぷっと吹き出した。

「に、に、に、似てるでしょ。こ、ここに台詞、入れたいのに、いいのがなくて」

堀井が声をかける。

「がばちょ。がばちょでいこう」

「あ、言うね、彼。がばちょ」と小山。

「な、なに、がばちょって。ドン・ガバチョ？　ひょっこりひょうたん島？」

「大学、きみも古い名前知ってるなあ」小山が説明する。「がばちょ、っていうのは『がばっ』と摑むとか、そういう『がばっ』の景山独自の言い回しでね。ＬＩＧＨＴショップをオープンさせるとき、『よし、ここでがばちょといこう』とか『よっしゃあ、がばちょと儲けるか』みたいに使うんだ」

「プッ。ププププ」笑いながら高松はメモ用紙に「がばちょでいくぞ！」という台詞を書き、今度は「ケへへへへ」と奇妙な笑い声をあげた。由里子もそれを見て笑う。

「ねえ、大学くん、この、がばちょ、だけど、私がやっていい？」

高松は返事をするかわりに席を譲った。

由里子がちょこんと座り、「がばちょと、やろ！」と人差し指でキーボードを押す。

メンバーたちの作業が一段落ついたころには、すでに外は暗くなっていた。

「腹、減ってきたのう」サルがぼやく。

「ねえ、ここでみんなしてパーティーしない？」と美月。

それを聞いた由里子が「わー、楽しそう」と小躍りして「美月ちゃんと私で、東急のデパ地下に行ってくるね」と美月の手を取る。

「あんたはお酒要員」美月がサルの襟首（えりくび）を掴み、３人は出て行った。

頬を真っ赤にした由里子が「おにいいちゃあああん」と甘えた声でやってきた。

「誰だ！　由里子に酒を飲ませたのは！」

思わず声を荒(あら)らげるが、みんなゲラゲラ笑うだけで「いいじゃん、今日くらい」と取り合わない。

堀井は鼻から息を漏らす。由里子の頬を両手で挟み、「あんまり飲み過ぎるなよ」と注意した。

「ねえ、お願いがあるんだけど」

「なんだい?」

「じゃーん」背中に隠していたメイド服を出し、「由里子、これ着てみたいなー」と上目遣いで見る。

思わず咳(せ)き込んだ。「どうしたんだ、それ」

美月が段ボール箱を指さす。

「えへへへ、昔通ってたブルセラショップが潰れたとき、いろんなコスプレ、タダで譲ってもらったの」

堀井は目を丸くした。いつの間に持ち込んだのか。

「ええのう、そりゃあええ、すぐに着んさい、由里子ちゃん」騒ぎだすサルにつられて、やいのやいのと声が上がる。

顔をしかめる。「今日だけだぞ」と折れた。

洗面所に美月と一緒に入った由里子がメイド服姿のおすまし顔で出てくる。

「いらっしゃいませ、ご主人様。何か、ご用はございますか」

「うっひょー、ちょー似合うのう」サルが両手をたたく。

メイド服のまま、お酌(しゃく)をしてまわる由里子。

「私もメイド服、着ちゃおうかな」美月が言うと、間髪いれずサルが反対する。

「やめとけや。由里子ちゃんと比べられると、立ち直られんようになるで」

怒った美月が蹴りを入れようとする。

「春麗」高松がぼそりと言う。

「おう、ぴったりじゃ、暴れん坊美月にはそれがええ」珍しく2人の意見があった。

美月は頬を膨らませながらも「わかったわよ」とチャイナ服を手に再び洗面所に消えた。満更(まんざら)でもなさそうだ。

ほどなく、バーチャファイターの人気キャラに扮した美月が出てきた。

「……」高松が見惚(みと)れている。確かにこうして見ると抜群のプロポーションだった。

「わしも何か、着ようかのう」

「あんたは、あれしかないじゃん」かつてグッドネットをはめたときに着た超高級スーツを美月が持ってくる。

「しょうがないのう、また着るか」窮屈そうにシャツのボタンをとめ、ジャケットに腕を通す。

「ププ、出た、詐欺師」高松が小馬鹿にする。

みんな腹を抱えて笑い転げた。

詐欺師サルが高松の首根っこをおさえる。「こいつは何にするかの？」

高松はサルの手を払い、自分で用意していたらしき服に着替えた。

「サルとはちがうのだよ、サルとは」

機動戦士ガンダムのシャアだ。実に弱そうだ。貧相な体にまったく似合っていない。

「赤い彗星じゃなくて、せいぜい赤い流れ星ってとこね」と美月。

「ほうじゃ、願い事もできんぐらいの速さで消えてしまいそうじゃ」サルは大笑い。

「認めたくないものだな、バカさゆえの過ちというやつを」シャアになりきっている高松はひとりご機嫌だ。

コスプレ姿の4人がひそひそ話し出す。

「小山の師匠、ちょっと、こっちきてー」サルが手招きする。

あきらめたのか、酔っ払って理性が弱っているのか、小山は「お、僕にはどんな衣装を」とみずから手を差し出す。

女医だった。タイトスカートに白衣を着る。

「おる、こういうおばちゃん、まじでおるわ」サルが涙を流す。

次はいよいよ堀井の番だ。

あれこれ案が飛ぶ。

「岡っ引きとか、どうかの？」と詐欺師。

「いやいや、堀井くんはジャニーズとかがいいんじゃない？」と女医。

「かぶり物とかは？」と春麗。

「軍服、プププ、ゲイっぽい」とニセシャア。

「せっかくだし、私、お兄ちゃんの女装、見てみたいかも」とメイド。

「ナースがいいじゃねえか、ナースがよお。健史、似合いそうじゃねえか」

「いいねえ」みんなが同意する。そして一斉に沈黙した。声のしたほうに顔をむける。

「ようっ、楽しそうだな。祝杯か？」

女医姿の小山が「か、かかかかげ、景山！」と腰を抜かした。

コスプレ姿の全員が硬直した。

入り口に立っていたのはＬＩＧＨＴ通信の社長だった。

景山照栄だった。

第7章

# フェイク

## 水鳥で逃げ出した平氏もかくや

「お、お礼参りか、カ、カチコミか！」

サルは由里子を背にし、決死の面持ちで景山照栄と対峙した。

なぜ景山がここに――。堀井健史はあっけにとられていた。

「確か、広野っつったな。女の子を守ろうとするのは感心なこった。心配するな。別に襲いに来たわけじゃない」苦笑いしながら、紙の束を机に放り投げる。

そのうちの1枚を手に取った堀井は目をしばたたいた。

そこには変装したスーツ姿のサルをとらえた写真が貼られていた。その下には、タクシーに乗り込もうとする小山完の写真。さらにその下には、プリウスの運転席で待機する自分の姿が映っている。去年、中堅ＩＴ企業グッドネットをはめたときの一部始終だった。

「……」サルが絶句している。

堀井は紙の束をひと通りめくる。興信所の調査報告書だ。なるほどな、そっちもこちらを調べていたわけか。

景山が堀井を見据えた。

「こいつが会社を乗っ取られて泣き寝入りするようなタマか。当然こっちだって対策はしてきた」

由里子がすっとサルの前に出た。「どうして……」言葉が最後まで続かない。

「どうして、気づいていたのに何もしなかったのか」景山は指を2本立てた。「理由は2つある。俺はジェームズ・ディーンが好きでね。銀幕の中のあいつは相手を殴り倒したあと起き上がるまで待っているだろ。いまの格闘技みたいに馬乗りでぼこぼこに殴りつけるのは俺の趣味じゃないんだ」

実に景山らしい。その美学も、そうしたうそぶき方も。「で、もう1つは？」堀井は先を促した。

「迎え撃つ自信があった。おまえらがLIGHT通信潰しをしてくるなら、寝かせと握りに目をつけるのは間違いない。それを逆手にとるつもりだった」

小山がかぶりを振る。その姿を一瞥（いちべつ）しながら涼しい顔で景山は続ける。

「ショック療法さ。俺も寝かせと握りはいずれ対処の必要があると考えていた。だが自社株が高騰し、ＩＴの覇者とおだてられた幹部連中はすっかり有頂天だ。まるで危機感がねえ。そこで、だ。おまえらの攻撃をあえて見過ごし、この問題を処理するきっかけにしようって腹積もりだったのさ」

「どうやって」たまりかねた小山が口を開いた。

「去年の9月に一部上場したときからこの半年間、手持ちの株を小分けにして売り抜けていた。軍資金くらい用意しとくさ。それもたんまりな。それを株価反転の資金にしつつ、一部暴走していたＬＩＧＨＴショップ代理店との契約解除の元手に充てる。そして携帯電話の代理販売だけに依存しない店舗運営にスライドさせるつもりだった」

「僕らにＬＩＧＨＴ通信の危機を煽らせて、ＬＩＧＨＴショップを一気に再編しようとしたのか。大胆だな……」小山が感嘆の声を漏らす。

堀井はテレビ画面を横目で見た。キャスターが報道フロアで原稿を読み上げている。下には〈ＬＩＧＨＴ通信株ストップ安　投資家は……〉のテロップ。目を戻すと、景山も画面を見つめていた。

確かに途中までは景山の予定どおりに進んでいた。広告見出しという奇策がなければ、手もなくひねられていただろう。まさに薄氷を踏むような勝利だった。そう思うと、いまさらながら背筋に寒気が伝わった。

「残念じゃったのう。どんなに策を練ろうが結果がすべて。あんたは負けたんじゃ」とサル。

「そのとおりだ。最後にＪＩＴＴを突いてくるとはな」

景山は床に転がっていた紙コップを拾い上げ、焼酎をそそいで飲み干す。

「だからエリートってやつはダメなんだ！　すぐにケツを割りやがる」

今日発売の〈経済にっぽん〉を机に叩きつけた。

「こんな子どもだましの脅しにパニくりやがって。無視しとけば俺がなんとかしてやったものを。ＪＩＴＴの専務さんがよ、今日の朝いちに電話をかけてきて『どうするんだ、責任を取れ』と、まあ偉そうによ。そんなの無視しとけばどうとでもなる。こっちが経済にっぽんに金を払って謝罪広告を出させるか、なんなら会社ごと買収しちまえばいいんだ、こんなゴロの雑誌は。そう言っても壊れたレコードのように『どうするんだ、どうなるんだ』と全然聞く耳をもたねえときた。

ＪＩＴＴはうちと共犯だ。どんな手段を使ってもいいからＮＴＴに勝ちたい、そう言って手を組んだんじゃねえのか？　やつらだって携帯電話事業にタマ（命）張ってやってきたはずだ。ＮＴＴを追い落とすのは生半可なことじゃ無理だ。やばい橋を渡るしかねえんだ。それが寝かせと握りだとしても、まずは新電電系トップの座を死守する。合併するにせよ主導権を取る。寝かせや握りなんてもんは、そのあとに裏で処理しておけばすむ話だった。そうだろ？」

正しい意見なのだろうが、立場上、同意できるわけはない。堀井は下を向いた。

「俺らがやってきたのは、言ってみりゃあ過渡期特有の必要悪ってやつだ。それなのに、矢が、それもフェイクの矢がたった1本飛んできただけで、あいつらはびびって逃げ出しやがった。水鳥で逃げ出した平氏もかくや、だな。健史ぃ」景山が覗き込むように声をかけてきた。顔を上げる。

「おまえに負けたわけじゃねえ。ひ弱なエリートと組んだ俺が間抜けだったんだ。そこをうまくついたことは褒めてやる」

「ま、ま、負け惜しみ……」ぼそりと高松。

景山はひと睨みすると、すぐに表情を緩ませ、

「ああ、そのとおりだ。負け惜しみだよ。健史、いや、おまえらとの喧嘩は実におもしろかった。ただ、こんなかたちで終わっちまうのが、なあ」と嘆息し、椅子にどっかり座り込んだ。「東大の連中に真っ正面から喧嘩をふっかけられ、東大出身のエリートさんに後ろから撃たれたわけだ。同じ東大でも、こうも違うとはな」

ここまでうな垂れた景山を見るのは初めてだった。一方で、なぜここに来たのか、という疑問が頭をかすめる。

「で、景山さんよお、まあ愚痴りたくなるんはわかるけどな。あんた、こんなとこであぶら売ってる場合か？　会社やばいんだろ。善後策を考えんでもええんか」サルも同じことを考えていたようだ。

「お、そうだ、忘れていたな」ニヤリと笑う。しらじらしい笑いだった。「そのためにここに来たんだ。ここいらで手打ちにしねえか。おまえらは俺の会社に大打撃を与えた。このままじゃ俺は社長を降りるしかない。それがおまえらの望みなら提案がある」

腰を上げると、堀井の前に歩み寄り、肩にぽんと手を置く。

「健史、ＬＩＧＨＴ通信の社長やらねえか。俺の後釜としてよお」

## 古き良き時代の終わり

「な……」サルと高松が口をパクつかせる。

美月と由里子も目が点になっていた。

小山も口をあんぐり開けている。

堀井は景山のガラス細工のような目を無言で見つめ返した。

そういえば、この男が突然訪ねてくるのは２度目だった。最初は平然と会社を奪い取っていった。そして今回は自分の会社を譲るという。もちろん、喜んで尻尾を振る気にはなれなかった。景山はけちな嘘をつく男でない。譲るといった以上、本気なのだろう。しかし、なぜこの男は会社を譲る気になったのか——。

「ま、警戒するのもわからんでもないが、俺は本気だぜ、健史」

「理由を聞かせてもらおうか」

「オオカミと一緒さ、ボスが倒されれば倒した若いオスが群れを引き継ぐ。俺と喧嘩して勝ったんだ。おまえにはその権利がある。……と言えばかっこいいんだがな。理由はもっと単純さ。このままじゃ、俺が作り、でかくしたLIGHT通信が潰れてしまうからだ。ITと俺が勝てば、ま、勝つつもりだったが、そうすればITから撤退する気だった。ITと冠つけりゃ、確かに儲かる。だがな。俺や幹部たち全員、ITなんてもんをろくすっぽ理解してねえんだ。わかっているのはITの連中がなまっちろい、あまちゃんたちだってことだ。そこのアニメのかっこした兄ちゃん」シャアに扮した高松に声をかける。「健史や小山、それにおまえだって肝は据わっているかもしれんが、血が出る殴り合いの喧嘩とかしたことはねえだろ」

「それがなによ、当たり前じゃん」美月が反発する。

「バカにしているわけじゃねえよ。コンピューターをいじっている連中は多かれ少なかれ、そんな感じだと言っているだけだ。だから俺らのように威圧的で、体育会系の連中がのし上がるチャンスがあったわけさ。会社に乗り込んで相手をびびらせ、業務契約を結ぶ。頭のいい連中が作り、やくざな俺たちが売る。この10年間はそれでよかったんだよ」景山が肩を落とす。「時代がな、それを許していた」

確かに、景山とＬＩＧＨＴ通信が躍進した90年代はネットという新しいチャンネルが生まれたばかりの混沌とした時代だった。それは、やったもん勝ちの時代と言っていい。ＩＴとは何か考える必要すらない。ただ、やればいい。突っ込めばいい。歩が「と金」になるようにひたすら前に進めばいいのだ。そういう馬力を持った者が勝者になった。

「だが、もういけねえ。そんな古き良き時代は終わりに近づいている、そのくらい俺にもわかるさ。だからＬＩＧＨＴ通信が生き残る道は限られていた。その1つがＩＴからの撤退だ。とはいえ、撤退するには何かと金がかかる。そこで一部上場で最後の荒稼ぎをしてから、金を山分けにして、それぞれが好きなことをやる。俺はコアな事業だけを継続させながら新しい世界を探し出してまた大暴れすりゃいい。そう考えていたわけさ。そしてもう1つ選択肢があるにはあった。ちゃんとしたＩＴ企業へと鞍替えすることだ。だがこの場合、俺を含めていまの経営陣では難しい。健史、小山、おまえらみたいなのが部下にいればよかったんだがな」

堀井はかつて景山から30億で傘下に入らないかと誘われたことを思い出した。あれは罠というだけでなく、ある意味、景山の本音でもあったのだ。

「で、この戦争だよ。おまえらがＬＩＧＨＴ通信に挑んでくるのを知って、腹が決まった。俺が勝てば、潔くＩＴから撤退する。俺たちは日本一の営業集団だ。携帯電話がだめになれば、別のもんを扱えばいい。国内を任せられるやつがいれば、インドネシア、インド、中国、ロシアなどの新興国にＬＩＧＨＴショップを進出させるつもりだった。しかし万が一、おまえらに負けるようなことがあれば……」

景山はお手上げという感じで両手を広げた。

「いまのＬＩＧＨＴ通信を本物のＩＴ企業に転身させるには、俺を倒すだけの肝と根性が据わって、なおかつＩＴをよく知っている、その2つを兼ね備えた人間がいなくちゃならねえ。健史！」景山が肩をそびやかす。

「おまえはそれを満たした。だから、こうしてここに来たんだ。俺はいったん会長に退く。筆頭株主の俺が堀井健史を支持すれば、社内の混乱は最低限で抑えられる。その代わり健史にはこの危機を乗り切り、いま抱えているＬＩＧＨＴ通信とＬＩＧＨＴショップの問題をすべて処理してもらう。どうだ、この条件で」

サルが耳元でささやく。「やつは、わしらの後ろにハードバンクがいることを知らんのか」堀井はサルを押し戻し、目で制する。

この1ヶ月のうちに鮫島十三がハードバンクを動かし、ＬＩＧＨＴ通信にＴＯＢをかける。そして買収後、堀井が新社長として送り込まれるのだ。景山は、堀井、いやチーム・ＡＫＫＡの背後にハードバンク、正確には鮫島が存在していることを知らないのか？　ならば、ここはどう出るのが正しいのか？

堀井の迷いを察したのだろう。小山がメンバーたちに言った。

「僕たちは引き上げよう。あとは2人に任せればいい」

確かにこのままではハードバンクや鮫島の件がいつ露見するかわからない。そのカードは最後まで自分が隠し持っておくべきだった。

「さあ、いこう」小山が促す。

サル、高松、美月、由里子は渋々といった感じでネクサスドアを出て行った。

景山が苦笑いする。

「あいつら、あのまま外に行って大丈夫か？」

小山は女医、サルは詐欺師、高松はシャア、美月は春麗、由里子はメイドの格好をしたままだった。

「大丈夫でしょ、そんな間抜けじゃない」

実際、部屋を出る間際、高松はマイクのついた携帯電話をこっそり置いていった。駐車場に停めてあるプリウスの中でここの会話に聞き耳を立てるつもりなのだろう。

「そうだな。俺もそんな間抜けな連中に負けたとは思いたくねえ」

景山は再び腰をどっかり下ろし、紙コップに焼酎をドボドボそそぎ込む。絶対におまえを口説き落とす、そう決意したかのようであった。

## ガレージ・オブ・ドリームス

2人きりになったネクサスドアは先ほどの喧噪が嘘のように静けさを取り戻した。景山が室内を見渡し、懐かしそうな顔をする。

「そういや、ここはオン・ザ・エイジができたときのテナントらしいな」

堀井はうなずいた。この狭い空間に中古デスクを持ち込み、来る日も来る日もネットコンテンツやソフトウェアの作製に明け暮れた。いまと同様、雑然としたオフィスには清潔感も美的センスもなかった。アダルトショップのある1階は当時ブルセラショップだった。このビル自体がいかがわしいのだ。

「俺んときも、こんなトコだったな。上の階がファッションヘルスでよぉ、安普請だったから、埃(ほこり)の舞い具合で客がいるかどうかわかるくらいだった。夜になると、女のアノ声もよく聞こえたもんさ」

時価総額５兆円までのぼりつめたＬＩＧＨＴ通信も１９８８年、創業当時の資本金はわずか１００万円。北池袋の風俗ビルの一室からスタートし、いまでは大手町のインテリジェントビルに社屋を構える。

ＬＩＧＨＴ通信だけではない。ＩＴ業界の巨人、ハードバンクも10坪足らずの倉庫から生まれた。

それがＩＴなのだ――。堀井は心の中でつぶやく。

国内のみならず世界の主要なＩＴ企業は、ぼろくて狭い空間（ガレージ）で産声を上げてきた。

ビル・ゲイツのマイクロソフト、スティーブ・ジョブスのアップル。世界に冠絶(かんぜつ)するＩＴ企業のトップたちはその風景を知っている。ほかならぬ彼ら自身がほんの数十年前にガレージで立ち上げたのだから。

堀井は、それがＩＴの可能性だと思っている。

自動車、家電、流通……戦後から高度経済成長期を経てメイド・イン・ジャパンの代名詞になってきた企業の多くも、手狭な一室からその一歩を踏み出した。しかし創業メンバーがすでに去ったいま、果たして原風景を知るトップが何人いるというのか。戦後復興から半世紀。経団連に名を連ねる大企業の大半はすでに老いはじめている。

ＩＴだけなのだ。間違いなく経営者の９割近くがガレージを知っている。そんな業界はほかには存在しない。

生まれたばかりの業種、できたばかりの会社。ガレージを母に、野心を父に、生まれては消え、消えては生まれる。競い合い、騙し合い、ライバルを蹴落とし、叩き潰しながら、覇を競うのだ。誰もが歩から金に成ることを夢見ていた。

誰もが坂の上に見えるぽっかり浮かんだ雲を目指し、息を切らして、少しでも早く坂道を駆け上がろうとしていた。

「すべてはガレージから――」堀井はわれ知らず声にした。

「ガレージ・オブ・ドリームスだよな」景山が引き取る。

そのとおりだった。ガレージのなかで見る夢、だ。

このぼろい事務所こそがＩＴの持つ可能性だった。夢そのものなのだ。

ＩＴのことなどわからねえ。そう言いながら景山照栄という男は大切な大切な根っこを理解している。

だから堀井はこの男を心底から憎みきることができなかった。

## 白旗を揚げたわけじゃない

「俺の会社は徹底的に弱肉強食、強者の論理で成り立っている。強いやつが総取りだ。競い合わせ、生き残った連中だけを引き立ててきた。政治家でもそうだが、世襲なんてもんがある業界は甘いんだよ。親が大臣だから子も大臣になる、だから日本の政治家はバカばっかなんだ。どんな大企業でもそれがまかり通ればいずれ衰退する。健史、日本でいちばん世襲の少ない業種は何か知ってるか？」

景山は酒の入ったコップから視線を上げた。

「ヤクザだよ、暴力団さ。組長の息子というだけでトップになれると思うか？　そんなことをすれば間違いなくドンパチがはじまる。なんだかんだいってヤクザが強いのは世襲をしないからだ。世襲のできない業界だからだよ。本当に強い組織というのは、頭を取るやつがほかのもんを力で抑えるしかねえんだ。敵対したやつを見せしめに叩き潰し、新しいトップとして君臨する。争いなき交代劇は腐っている証拠でしかない。いいか、健史。だから俺はおまえを選んだ。おまえは俺を完膚なきまで叩きのめした。

ＬＩＧＨＴ通信ではみんな俺に心酔し、従ってきた。歯向かい、寝首を掻いて玉座を奪ってやろう、そんな心意気を持ったやつはいない。恩に着せるわけじゃねえが、おまえの会社を乗っ取ったとき、俺はトドメを刺さなかった。それはな、健史、おまえが屈しなかったからだ。泣きついてくれば、容赦なくおまえの心を折ってやるつもりだった。二度と口ごたえできないよう、徹底的に挫いてやった。おまえは、俺の下につけば自分が自分でなくなる、それをわかっていた。だから、どんなに屈辱的だろうと、情けなかろうと、悲しかろうと、あのとき黙って会社を去ることを選んだ。そのとき俺は認めたんだ。おまえが俺の敵になることを、だ」

すべてを覚悟のうえで景山は堀井を野に放ったのだ。軍資金、小山という参謀、さらにこの事務所、ネクサスドアの登記簿まで気前よく寄越して――。堀井はかすかに震えた。この男の凄みをあらためて痛感する。そしていつも心のどこかで渦巻いていた景山に対する複雑な感情の正体がわかった。それは敬意だ。

それでも堀井は沈黙を守った。

まだ訊いていないことがあったからだ。

そのころ、プリウスには珍妙な格好をした男女5人が乗り込んでいた。もし、ここに警邏のパトロールが来れば間違いなく職質を受ける。

「小山の師匠、どっちが得なんだ。景山の提案に乗るのと、約束どおり、というか、当初の予定どおり、ハードバンクが買収したあと後任の社長として乗り込むのと」

「うーん」

高松がぼそっと言う。「あ、あんなやつ、た、たたき出してやればいいんだ」

「ま、感情的にはそうだよね」小山が受ける。「ただ、現実問題でいえば、大株主で創業者の景山の後ろ盾があるほうが、後任社長としてはなにかとやりやすいのは事実だよ。景山の首を獲り、会社を奪うという目的にも、まあ、ギリギリ合致しているしね」

「な、なんか釈然としない」高松は不満げだ。

「そう、目的に合致するからといって、納得できるかどうかは別の問題だ。景山は白旗を揚げたわけじゃない。あくまでも休戦を申し込んできただけだしね」

高松が「そうだよ。あ、あいつ、図々しいことにＬＩＧＨＴ通信をきちんとしたＩＴ企業に転身させろって言ってきた」と鼻を膨らます。

「わしゃあ、どっちでもええけどな。奪い取るか、譲られるか、大将が選べばいい」サルが結論づけた。

高松は渋々といった感じで口を噤んだ。実は小山もそれでいいと思っている。

「お兄ちゃん、どうするのかな」由里子が心配そうに言う。

「そうね」美月も目を伏せた。

「いずれにせよ、堀井くんはまだ肝心なことを言ってないし、訊いていない。結論を出すのはまだ早いだろう」

「肝心なこと？」サルが訊き返すと、高松が「ちょっと黙れ！」と鋭い声をあげた。

カーステレオから堀井の声がする。

「景山さん、あなたに1つ、訊きたいことがある。どうして僕らの会社オン・ザ・エイジを乗っ取ったんですか？」

景山は意外な言葉を口にした。

「あんなおやじの口車に乗るなんてな」

おやじ？　口車？　小山は眉をひそめる。イヤな予感がした。

「ああ、知っているか。ハードバンクの朴さんとこに鮫島十三っていうおっさんがいるだろ。あいつから頼まれたんだよ。オン・ザ・エイジを乗っ取って、堀井を潰してくれと」

「鮫島!?」小山の声が裏返った。

ほんのわずか遅れてスピーカーがふるえる。

「鮫島!!」

堀井の声が車内に響いた。

# 第8章　アバター

## 黒幕

ＬＩＧＨＴ通信株をついにストップ安に引きずり込み、リベンジは完結したはずだった。しかし、その直後に景山照栄が現れた。オン・ザ・エイジ乗っ取りは鮫島十三に指嗾されたものだという。小山完は目頭を揉んだ。頭が混乱している。

プリウス車内で２人の会話を聞いていたメンバーはみな顔色を失っていた。スピーカーから堀井の激しい息づかいが漏れてくる。

「どうした健史、なにをそんなに驚いているんだ？　そんなに意外だったか？」

あまりの動揺ぶりに景山が戸惑っている。

「あんたは」堀井が絞り出すように言った。「なんにも、わかっちゃいない」

「何がだ」景山が語気を強める。

「いいか、僕を、チーム・ＡＫＫＡをけしかけて、あんたを潰せとそそのかしてきたのは、その鮫島だぞ」

「そりゃあ本当か？」今度は景山の声が上擦った。

「ああ」

２人は沈黙した。

サルが爪を噛みながら貧乏揺すりをする。「どないになっとるんだ？　あっちもこっちも鮫島、鮫島って。要はその鮫島が黒幕っちゅうことか？　つまり、あれか、まず景山をけしかけて大将の会社を乗っ取らせ、今度は大将をそそのかして景山潰しをやらせた、そう言っとるんか？」

小山も高松も黙っていた。言葉がないのだ。

代わりにスピーカーから景山の声がした。

「鮫島は堀井健史という人間を異常に警戒していたようだった。やつはこう言ったんだ。『彼の芽は早めに摘むべきだ』と。俺が理由を訊いてもそれには一切答えず、ＬＩＧＨＴ通信がオン・ザ・エイジ買収に成功した際の報酬を提示してきた。それはうちの金融部門〈ＬＩＧＨＴキャピタル〉立て直しを全面支援するというものだった。断る理由などなかったのさ」

堀井も口を開いた。

「オン・ザ・エイジ取得後、あんたは鮫島に薦められるままＬＩＧＨＴキャピタル経由でＭ＆Ａを加速させていっただろ？　そうして傘下に収めた企業群、いわゆる『ピカもの』の経営実態は芳しくなかったはずだ。なぜなら僕らのチームであらかじめ弱体化させていたからだ。鮫島の指示のもとにね。さらに、うちのトンネル会社を使って中抜きした彼らの資産は、鮫島の個人会社へと流れている。それがＬＩＧＨＴ通信潰しでこちらが鮫島に払う、いわば協力費だった」

サルが目を丸くする。「小山の師匠、ほんまか？」

「僕もいま知った。チーム・ＡＫＫＡがベンチャー企業から中抜きした金は、堀井くんが個人でプールしてきたんだけど……。鮫島のところに流れ込む仕組みになっていたのか」

「しっ」と高松。堀井の説明はまだ続いていた。

「ＬＩＧＨＴ通信攻略の突破口として、寝かせと握りの調査資料を提供してくれたのも鮫島だ。ＬＩＧＨＴ通信の一部上場直前には、極秘扱いである監査報告書まで入手してご丁寧に見せてくれたよ」

「……で、俺を潰したあと、おまえらはどうするつもりなんだ？」

「鮫島が朴一誠を動かし、ハードバンクによるＴＯＢを仕掛ける」

「なるほどな。ＬＩＧＨＴ通信買収に成功すれば、その新社長となるのが、健史、おまえだったというわけだな。くそ」

ゴキュゴキュと喉を鳴らす音が聞こえる。景山が酒をあおっているのだ。

「……小山先輩、鮫島と会ったことは？」と高松。

かぶりを振る。「会っていたのは堀井くんだけだ」

「そうよね。鮫島っていうハードバンクのお偉いさんがうちのチームに協力してくれてる、その程度しか私たちには知らされていなかったもん」

美月の言葉が、ここにいる全員の不満だった。

「どうなっちゃうのかな」

由里子の言葉が、ここにいる全員の不安だった。

## S－F

景山に釣られるように、堀井もプルタブを開けて喉にビールを流し込んだ。

「ふぅ、やれやれだな」景山が口元を拭う。「ちょっと待ってろ」と携帯電話を耳にあてた。

「ああ、そうだ。堀井健史のとこにいる。了承したか？　いや、それはともかく妙なことになった。いいか、朴さん。あんたんとこの鮫島、どうやら俺たちの知らないところで、堀井にLIGHT通信潰しをそそのかしていたらしい。まあ落ち着いてくれ。だが、こんな間抜けな話はねえ。新社長の椅子を約束されている人間に、社長の座を譲るからと手打ちを申し出るなんてな」

相手はハードバンク社長の朴一誠のようだ。

「こんな時間に唐突(とうとつ)で悪いんだが、ちょっと出てきてくれないか。メールで住所を入れておく。ああ、目印は1階にアダルトショップがある。〈ナンバー・アハン〉という名前の店だ」

景山は電話を切ると、大きく息を吐いた。

無言の時間が流れる。

気持ちを落ちつけようとコーヒーを入れる。景山にもすすめたが、手を振って酒をあおった。

黒い液体に拡がっていくミルクを眺めながら、この状況をどう整理し、次に何をすべきなのか考えた。頭を振る。鮫島の狙いがわからない。

30分後、朴が到着した。深夜にもかかわらずスーツをきちんと着込んでいた。

朴はネクサスドアの室内を景山同様、懐かしむように見渡したあと、丁寧(ていねい)に頭を下げた。

「あなたが堀井さんですか。直接話すのは初めてですけど、あなたのことはいろいろと噂(うわさ)でうかがっていました」

「あいさつはそれくらいにして」鮫島が椅子を引いて座るよう促す。「朴さん、さっそくだが鮫島の動向で気になったことを教えてくれないか」

朴がうなずく。

「鮫島さんは自分の投資ファンド、〈SIF(シフ)〉こと〈サメジマ・インベストメント・フィナンシャル〉の設立を私に求めてきました。彼はハードバンクの金融部門とその関連子会社すべてを統括していますが、それとは別に立ち上げたいと言っています」

「独立したがっているのか」

「いずれはそうかもしれません。でも現時点の話では、ハードバンクの完全子会社ではなく、自己資金を出すから系列会社として運営したい、と」

「健史、LIGHT通信のTOBが成功すれば、金融部門LIGHTキャピタルの扱いはどうするつもりだったんだ？」

以前に鮫島から聞いていた説明をそのまま返す。

「LIGHT通信本体から切り離す予定だった。管理は鮫島が行う。もともとLIGHTキャピタルは僕らによって毀損(きそん)されていたから、そうせざるをえない」

「だろうな」景山が苦笑する。「やつめ、それをＳＩＦで喰うつもりでいやがったんだな。さっき『ピカもの』から中抜きした金が鮫島の個人会社に流れていると言っていたが、それがＳＩＦの正体だろう」

「たぶん、間違いない」堀井は唇を噛む。

「しかし、それだけのためにこれほど大がかりな罠（わな）を張るか？」

「鮫島さんの本当の目的は別にあるんでしょうね」朴が言う。

「なんだと思う？　鮫島についちゃ、朴さん、あんたがいちばん詳しい」

「それについてかどうかわかりませんが、以前、こんなことがありました」

朴が静かに語り出した。

「あれは確か5年前ですか。２人でニューヨークに行きました。極秘である人物に会うためでした」

## ヴァイブレーション・イン・ＮＹ

朴一誠と鮫島十三はウォールストリートを歩いていた。前方にニューヨーク証券取引所が見える。心なしか、その周囲を行きかう人びとの足どりが忙（せわ）しない。日はすでに傾きかけていた。高層ビル群の隙間を縫(ぬ)って柔らかな陽ざしがそそぐ。マンハッタン島は日中とはまた別の喧騒(けんそう)に移ろいつつあった。

大仕事が終わった朴の表情は明るい。

今回の渡米の目的は、世界屈指のベンチャー向け株式市場である〈アスダック〉会長バーナード・ジャコブに会うことだった。

ハードバンクはアスダックと組んで日本に新興市場を作ろうとしていた。以前からジャコブと面識のあった鮫島が事前交渉をすませ、今日、アスダック本社で無事に本契約を取り交わしたのだ。

子どもたちの歓声が聞こえた。路地でバスケットボールを追いかけている。朴は目を細めた。

「朴社長、ジャコブを本気で投資の神様と信じているのですか?」不意に鮫島が言った。

眉をひそめる。アスダック創業メンバーであり、投資顧問としても成功を収めてきた彼に対する米国内の評価は絶大だ。ジャコブみずから運営する投資ファンドは負け知らずで知られている。朴は業務提携契約の際、個人資産の一部をジャコブに預けることで合意していた。いまさら何を言い出すのか。

「あの男はですね、朴社長。基本は詐欺師なのですよ。いや、そう言うと詐欺師に悪い。

ジャコブの投資ファンドはたちの悪いねずみ講にすぎません。ここ、アメリカ風に言えばピラミッドスキームというやつです」

「ほう、ねずみ講。それはどういうことですか？」朴が立ち止まった。「私は自分の資産をねずみ講に呑み込ませたわけですね。ならば鮫島さんは私を騙したことになる」

「いやいや、朴社長。アスダック・ジャパンは滞りなく開設されますし、預けたお金も年利15％できちんとやってくれますよ。だから私は黙っていたのです。それらのこととジャコブの投資ファンドがねずみ講だというのは別問題です。あの男は高利回りをうたって顧客から資金を集めながら、実のところ市場ではいっさい運用していない。そのままプールした資金を、重要度の高い顧客順に配当しているだけです。手段はどうであれ、投資家を儲けさせさえすれば信頼感は増し、さらに金が集まってくる。そうやって自転車操業を繰り返しながら、漸増的に私腹を肥やしているのですよ」

「それは本当ですか？」息を呑んだ。

鮫島は微笑み、背中にそっと手を添えてきた。朴は再び歩き出す。ブロードウェイの交差点に差し掛かると、鮫島が向き直った。

「ウォール街にいて、多少目端のきく人間なら誰でも知っている話です。知っていて利用しているのです。なぜならジャコブは証券取引を監視する立場にあるＳＥＣ（アメリカ証券取引委員会）の正式なアドバイザーだからですよ。犯罪で捕まる側が、捕まえる側にいるのですから、ジャコブの悪事が表沙汰になることは当面ありません。私がみるところ、あと10年は問題ないでしょう。資金はどこにも運用されないのですから、これほど安全で確実な投資先はないのです。顧客は約束どおりの配当を間違いなく受け取れるでしょう。だから私はジャコブに預けたほうがいいと朴社長に進言したのですよ」

「なぜ前もって言ってくれなかったのですか？」

「私はね、朴社長、あなたに直接感じて知ってほしかったのです。これが金融大国とうたわれ、いま、まさに日本を金融植民地にしようとしているアメリカの実体だと。アメリカが強いのは優れているからではありません。金儲けのためなら、どんなにあくどいことでも平気でやれるからです。それが世界水準なのですよ。朴社長、なにをやってもいいのです。金を得るためなら何でもありのグローバル時代に突入したのです。にもかかわらず、津島証券は狭い島国のなかに閉じこもることを選びました。では、朴社長、あなたはどうですか？　この何でもありの狂った世界であなたはどうしますか？」

朴は静かに息を吐いた。息が震えていた。自分がやらなければ誰かがやる――。そうして誰もが巻き込まれていく。ならば、先んじるのは自分であるべきだ。

「そう、ヴァイブレーションですよ。聞こえませんか？」鮫島は耳に手をあてた。「ニュークの振動が」

摩天楼のビル群はマンハッタン島地下の固い岩盤に鉄柱を打ち込み、そびえていた。その鉄柱を通じて街の振動が岩盤に伝わる。やがて反響した岩盤は街全体を静かに震わせていく。物理学で言う共振だった。

「私にはこう聞こえるのですよ」もう一方の手を胸に押しつけた。「稼（かせ）げ、奪え、儲けまくれ、と。ウォール街はこの振動に呼応して、世界中の富をかき集めているのですよ」

鮫島は悪魔のような笑みを浮かべた。

堀井と景山はじっと朴の話に耳を傾けていた。室内の空気がいつの間にか張りつめている。堀井は冷めたコーヒーに口をつけた。

「すさまじい男だな」景山が言う。

「私が鮫島さんをスカウトしたのは、彼が世界に通用する金融機関を作る、そんな野望を持っていたからでした。ご存知のとおり、それ以降私たちはハードバンクを事実上の投資会社に転身させ、企業買収を経営の軸に据えました。アメリカ発のマネー戦争を勝ち上がるためです。

まず日本で勝つためにはテレビメディアを押さえるべきだ。鮫島さんはそう主張しました。私のネット、彼の金融、このタッグだけでは弱い、と。大衆を操作し、世論を誘導するテレビの力は圧倒的です。ネットとテレビを融合させた情報戦略で、盤石（ばんじゃく）な金融事業を展開する。私たちはその実現を目指しました」

「それでか」景山が相づちを打つ。

堀井は背もたれに体を預けて目を瞑（つむ）った。

4年前、ハードバンクはメディア王ロバート・マックスと組み、キー局〈旭日（きょくじつ）テレビ〉買収に動いた。一時は旭日テレビの筆頭株主に躍り出たものの、旭日新聞グループの猛反発により撤退を余儀なくされた。会見に臨（のぞ）む朴の険しい表情をいまでも覚えている。

「買収が失敗しても鮫島さんは一向に動じませんでした。『ここは損して得をとるとしましょう。マスコミを敵に回してもいいことはありません。放送局であろうと脇が甘ければやられる――彼らはそう痛感したはずです。結果的にわれわれはその警告をしたにすぎません。感謝されてもいいくらいですよ。今回の件はあとあと有利に働くでしょう』と実に堂々としていたものでしたよ、彼は」朴は苦笑する。

鮫島十三がみずからを「成金」と称していたのを思い出した。しかし、敵陣を縦横無尽に動き回る、そのスケールは自分と比べ物にならない。堀井は天井を睨んだ。

## 焦土作戦

「俺たちはやつの手の平でもてあそばれていたわけか」景山が憎々しげに吐き捨てる。

朴が言う。

「ＬＩＧＨＴ通信傘下のベンチャー企業群『ピカもの』をＳＩＦ経由で新興市場に上場させ、莫大(ばくだい)なキャピタルゲインを得る。鮫島さんがそれを狙っていたのは間違いないでしょう。でも、私にはそれが彼の最終目的だとは思えません」

堀井が割って入る。

「鮫島は、朴社長、あなたを追い落としてハードバンク自体も手に入れようとしていたはずです」言いながら朴を見た。顔色ひとつ変えない。「鮫島にこう言われたことがあります。『ＬＩＧＨＴ通信を金に換えるだけ換えたら、そのまま解散しても構わない』と。『うまく廃業するのが経営者としての腕のみせどころだ』とも。確かに寝かせと握りが露見したＬＩＧＨＴ通信の立て直しには時間がかかる。当然、ハードバンクからも資金援助を求めなくてはいけない。その過程で寝かせと握りに本格的な捜査が入ったら、朴社長、あなたもただでは済みません。そして、鮫島にとってそういう状況を作るのは難しくない」

朴がゆっくりうなずく。

「鮫島さんのことです。ＳＩＦ設立はハードバンク取得も視野に入れてのことではないかと、私も訝しんでいました。ここは万全の対策をとったほうがよさそうですね」

「クーデターだな」と景山。

「ともいえますね」朴はかすかに口を歪め、肩を揺らした。

「ともかく、俺たち3人の今後の方針だ」景山がこちらを見る。「健史、悪いがさっきの話はなかったことにしてくれ」

堀井は肩をすくめてみせた。当たり前だ。

「俺はやはりＩＴの看板を外させてもらう。ＩＴとかなんとか、テメーがよくわかりもしねえことに手を出したのが、そもそも鮫島につけ込まれた原因だ。癪だが、これで決心がついた。俺の会社は徹底的に俺らしくやればよかったんだよ」

日本一の営業力――ＬＩＧＨＴ通信の武器は１つだけだった。それだけでここまでのし上がってきたのだ。朴が景山に手を差し出す。

「営業のアウトソーシング（外部発注）は今後ますます伸びていきますよ。うちの会社もよろしくお願いします」

握り返した景山が覗きこむようにして訊く。

るなら協力は惜しまないぜ。詫びもかねてな」

焦土作戦ってわけだ。さすがだよ、朴さん。あんたのそういう過激なとこ、好きだぜ」そしてこちらに目を向けると、神妙な面持ちで切り出した。「新しい検索エンジンを開発す

景山が相好をくずす。「鮫島がどう動こうが肝心の金がなければどうしようもねえな。

「私も景山さんにならって看板を変えましょう。鮫島さんと組んでタイムマシン商法や時価総額経営を標榜してきましたが、今日で終わりです。すべての資金を投じてＡＤＳＬ事業に邁進します。近いうちに携帯電話会社も買収するとしましょう。いろいろ悩んでいたのですが、ふんぎりがつきました。ま、それですっからかんですよ、うちも。金がなくなれば、追い出さなくても鮫島さんは勝手に出て行くでしょう」

視線に気づいた朴が微笑んだ。

堀井は朴の横顔を見つめた。細くて深い眦、心持ち張り出した顎。この物腰の柔らかい男には強靭な意志が隠されている。

「歯向かってくれば叩きつぶすだけです」

「出て行くと、やつは敵に回るぞ」

「切ります。仕方ありません」あっさり断言した。

「で、鮫島はどうする？」

「どうするかはいずれ決める。いまは……」

「そりゃそうだな」景山が豪快に笑う。

堀井は笑えなかった。さっきから心に引っかかっていることがあった。

なぜ鮫島は景山にオン・ザ・エイジを乗っ取らせたのか。なぜオン・ザ・エイジである必要があったのか。その合理的な理由が見当たらない。鮫島の真の目的は本当にハードバンク略取なのか。鮫島が標的にする「王将」は別にいるのではないか——。

「堀井さん」朴の声でわれに返った。「ともかく落ち着いたら一度、連絡をください」そう頭を下げる。堀井も慌(あわ)てて頭を下げると、朴は一度うなずいて事務所から立ち去った。

肩をたたかれる。「顔が笑ってねえぞ。もう一戦、鮫島とかまえる気か」景山は茶化(ちゃか)すように言い、朴に続いた。

室内が静寂に包まれる。窓を開け、夜空を見上げた。

鮫島が景山に言った言葉。「なんとかして堀井を潰してくれ」

鮫島が朴に言った言葉。「テレビメディアを押さえるべきだ」

不意に1人の男の顔が浮かんだ。

あの男、父とは名ばかりの男。母と自分を捨てた男。

門田哲郎——。

民放トップのヤマトテレビをはじめ、ラジオ局、レコード会社、出版社などを抱える日本最大のメディアコングロマリット、ヤマト・ザイケイグループ。その総帥。

堀井は目眩を覚えた。椅子に座ろうと振り向いて、止まる。

小山が立っていた。

堀井は悄然とした顔をさらしながら腰かけた。

「少し休めばいい」

女医姿の小山はそう言って、堀井の背中を優しく撫でた。

## 終結

ネクサスドアから、次の「扉」は確かに開いたようだった。

朴一誠はその言葉どおり鮫島十三と袂を分かつ。鮫島がストックしていたＬＩＧＨＴ通信買収資金を吸い上げ、ハードバンクはブロードバンド事業への本格参入を表明する。朴の動向を見越していたのか、鮫島は抵抗する素振りもなくＳＩＦを立ち上げて独立した。

以後、朴はタイムマシン商法や時価総額経営といった言葉を口にしなくなる。朴らしい鮫島との決別のしかただった。

景山はＬＩＧＨＴショップから完全に撤退した。その直後、ＪＩＴＴを中心にした新電電系4社の合併が発表される。新連合に取り残されたＪＩＴＴのライバル、ジェイ・テレコムは、単独での生き残りが難しくなり、外資による買収が濃厚になった。買収の仲介役として朴は積極的な動きを見せ、第3の携帯電話会社を設立する構えを鮮明にした。

景山は再結集した部下を率い、原点である営業集団に回帰して、日本に新規参入してきた外資系保険やコピー機の営業に軸足を置いた。小難しいＰＣ用語から解放された社内は、怒声と歓声が飛び交う本来の姿を取り戻した。変わらぬ調子で景山は陣頭指揮を執り、部下に檄（げき）を飛ばしている。

こうして翌01年にかけて戦争はすみやかに終結した。

だが、この戦争に関わった者たちはよく理解していた。それは「終結」したにすぎないことを――。

鮫島に負けなかったが、勝利したわけでもなかった。

開戦当初、鮫島はすでに「負け」を回避していた。彼には「勝ち」と「引き分け」しか残されていなかったのだ。

堀井健史、景山照栄、朴一誠は「負け」を「引き分け」に持ち込むのが精一杯だった。

3人の成金は1人の成金に見事にしてやられたのだ。

それでも、それぞれにそれぞれの世界が開かれていく。

堀井は、朴と景山から新型検索エンジン開発における資金援助の申し出を受けた。

その融資を機に自分も新たな世界へ飛び立つことになる——。

堀井はそう考えていた。

そんなある日のことだった。

戦争ははじまってさえいなかった、それを思い知ることになる。

## 鳩ボール

心地よい風が通りを吹き抜けてゆく。由里子が耳に髪をかけて微笑む。通行人とぶつかりそうになった堀井は慌てて体を横にむけ、ふっと息を吐きながら笑みを返す。

夕暮れ時の下北沢は買い物客でごった返していた。

今日は由里子の高校進学祝いでやってきた。目当ては都内指折りと評判のフランス料理店。外観がキャンドルで彩られたお洒落な店構えだった。

堀井は扉を開け、由里子をエスコートする。ギャルソンに席に通されると、「あれ」と由里子が声をあげた。「あの人、和内祥一郎さんじゃないかな」

和内とは、ヤマト・ザイケイグループ創業者一族の名だった。
現総帥・門田哲郎は若かりしころ、2代目総帥・和内春生の仲立ちでヤマト・ザイケイのオーナー一族・宇多家の女性と知り合う。門田には交際相手がいたが、出世のため宇多家の女性と婚姻を結び、後年、由里子を授かる。当時、見捨てた交際相手のお腹には赤ちゃんがいた。それが堀井健史だった。

門田はさらなる出世を求め、由里子をいずれ和内家に嫁がせようと、のちの3代目総帥・和内昭博の息子、祥一郎と早々に引きあわせた。

由里子によれば、父はまだ10歳の娘に向かってできるだけ早く婚約するよう説(と)いていたという。

しかし春生が40歳の若さで急死すると、門田はクーデターを起こし後継者の昭博をヤマト・ザイケイから追放、創業者一族から経営権を奪った。祥一郎にすれば門田は父の仇(かたき)で、由里子はその娘となる。婚約どころの話ではない。ただ、人のいい祥一郎は幼なじみの由里子をいまでも可愛がり、時折連絡をくれるのだという。

「祥一郎さん、いつ日本に戻ってきたのかな」

祥一郎は外資系証券会社のミドルリッチ証券に就職し、現在はニューヨーク本社に勤務。M&A部門で活躍しているらしい。

「その祥一郎さんって、どの人？　あいさつでもしておこうか」

「ほら、あそこの窓側に、おじさんみたいな人と座っている人」由里子が指した先を見て硬直した。

「鮫島ぁ……」

「え、何？」

由里子が「おじさん」と言った男は、あの鮫島十三だった。

「出よう」手を引いて立ち上がる。

「どうしたの？　突然」由里子は慌ててバッグをつかんだ。

いったい、どういうことなんだ？　足早に店を遠ざかる。混乱が収まらない。

「由里子、すまないが……」

「今日は食事、いいよ。また今度一緒に行こうね。それより大丈夫？　顔色が悪そうだけど」

無理に笑った。「このところちょっと寝不足だったからね」

タクシーを止め、由里子を乗せた。遠ざかる車体を呆然(ぼうぜん)と見送る。

堀井はあてどもなく歩き続けた。鮫島十三が和内祥一郎と談笑している光景が脳裏に焼きついて離れない。気づくと住宅街にある駐車場の隅に座り込んでいた。夜はすっかり更けて、人気(ひとけ)はない。喉がからからだ。遠くに煌々(こうこう)とコンビニの明かりが灯っている。堀井は腰を上げてひとつ深呼吸する。

テレビメディアを押さえるべきだ。そう言い放った鮫島がヤマト・ザイケイグループ創業者一族の子息と話し込んでいた――。単なる偶然ではないはずだ。

ミネラルウォーターを店の前で飲み干すと再び歩き出した。

どれくらい経っただろう。せせらぎが聞こえる。堀井は小さな公園の前で立ち止まった。人工の小川が流れている。石の間をちろちろと水が伝わり、所々で分岐しては合流する。

昨夜の出来事は「ミッシングリンク」ではないのか。一見、脈絡のない出来事もある事象を加えるとつながりのある1本のストーリーになる。

一晩中考え続けて、ようやく1つの答えらしきものが浮かんできた。

鮫島が最重要視していたのはメディア買収だ。正確には、メディアを含んだ「情報金融帝国」の設立というべきものだった。

津島証券に勝るグローバルな証券会社を築く。その野望を実現するにはネットとテレビメディアを融合させた新しい情報産業の確立が不可欠だった。

メディア王ロバート・マックスと組み、旭日テレビ買収に動いたのはそのためだ。

とすれば――。とすれば鮫島が景山を利用し、オン・ザ・エイジを潰したのも合点がいく。

自分は門田哲郎の息子なのだ――。

鮫島は旭日テレビ買収に失敗したことで、次のターゲットをヤマトテレビに絞った。その過程で浮かんできたのが、現総帥の隠し子、堀井健史の存在だった。

そこで鮫島は堀井を自分の駒にしようと考えた。しかも、その隠し子は独立心旺盛で門田の家から出て行っている。

「なるほどな」堀井はつぶやく。

会社を失って絶望したときに接近し、懐柔しようとしたわけか。しかもその返す刀でＬＩＧＨＴ通信を乗っ取り、野望の母体となるＳＩＦの強化を企てた。やがて朴を追放し、ハードバンクを手中に収めた鮫島は門田の実の息子を差し向け、ヤマトテレビ買収に打って出る。

おまえのおやじを潰さないか。もし鮫島にそうささやかれたら乗るかもしれない。自分は門田哲郎という男を憎んでいる。母と自分を捨てた、あの男を決して許しはしない。

息子が名乗りを上げれば、門田は簡単に折れる可能性がある。言うなれば一種の禅譲なのだ。同じ血が継承されるのだから、門田にも考慮の余地は生まれるだろう。

しかし堀井を上から指揮するのはあくまでも鮫島であった。念願の情報金融帝国がここに結実する。ところが、堀井は寸前のところでみずからの元を離脱した。

そこで今度は祥一郎に白羽の矢を立てた。鮫島の描く絵図はきっとこうだ。

まず当て馬として、有力な上場企業にヤマトテレビ買収を持ちかける。敵対的買収を仕掛けられ経営状態が悪化すれば、グループ内で門田は孤立するだろう。攻防が激化したころあいを見計らい、鮫島みずからヤマトのホワイトナイトとして登場する。それと同時にミドルリッチ証券の祥一郎を動かし、クーデターを誘発する。混沌としたところに突如として現れた創業者一族。社内はそれを歓迎し、門田は追放される。3代目総帥であった祥一郎の父・和内昭博は門田のクーデターで失脚した。世論の同意も得られるはずだ。そうして総帥となった祥一郎を鮫島が裏から支配する――。

ハードバンクを外れたいまの鮫島には資金力がない。ヤマトテレビ乗っ取りの最良の手段は和内祥一郎を押さえることだ。鮫島はまだ戦いを続けているのだ。

まったく……。敵ながら見事としか言いようがない。

「このまま放っておけば、やつの思いどおりになるな」朝靄に包まれた公園のベンチでつぶやく。

1羽の鳩が目に入った。

ポケットにコンビニで買ったパンが1枚残っていた。丸ごと放り投げてやる。

突如、鳩が何十羽と殺到した。パンめがけて集まった鳩は、まるで1つの生き物のようにうごめき、群がった。

「まるで鳩のボールだな……」

堀井はその光景を眺めながら思った。

なにも鮫島が動くまで待ってやる必要はない。こっちが先にやってやるか。そうだな。いままで鮫島にされたことを、今度は自分がほかの人間にさせたとしたら……。

あのパンのように、誰もが飛びつく餌を放り投げたとすれば……。

空は快晴だった。携帯電話にニュースメールが入る。新たに誕生した小泉政権で、竹中平蔵がIT担当大臣に就任したことを伝えていた。

改革開放路線の新政権はITバブルをさらに加速させるだろう。2、3年後には空前のITブームが必ずやってくる。

そのとき、鮫島はヤマト・ザイケイ買収計画を本格的に始動させるだろう。

それまでに、まず自分の「アバター」を見つけ出すとするか。できれば類稀(たぐいまれ)な野心を秘めた人間がいい。

そいつをかつての自分に負けない「経営者」に鍛え上げ、ヤマト・ザイケイ買収の当て馬として仕向けるのだ。

間違いなく鮫島にとって想定外のことだろう。

「く。く。く」

堀井は自分が笑っていることに気づいていなかった。

鮫島の計画を木っ端微塵にしてやる。いや、この場合、引き分けでもいいのだ。あの男はもう60だ。ヤマト・ザイケイのディールは次がラストチャンスになるだろう。逃せば野望の芽は完全に断たれる。同じ引き分けでも、今度の引き分けはやつにすれば負けに等しいのだ。時間は味方だ。若さは弱点でなく武器となる。

「く。く。く。く。く。く。く。あ、ははは、はははははははははははははは」

餌を啄んでいた鳩たちが一斉に飛び立つ。

「勝負は3年後ですねえ。元気に待っていてください。鮫島さん」

凍りつくような笑みを浮かべる。

堀井は自分が鮫島十三のような笑い方をしていたことに気づいていなかった。

# 谷で孵（かえ）ったおたまじゃくしは、丘に登るカエルとなる

じりじりと陽射しが肌を焼いてくる。そういえばサルをチームに引き入れた日もこんな陽気だった。堀井の顔に自然と笑みが拡がる。

小山完、サル、高松大学、美月、由里子。メンバー全員が集まるのは久しぶりだ。

カシャ。

サルが写メで美月を撮った。

「ちょっとぉ。やめなさいよ」美月がサルの携帯電話に手を伸ばす。

「ええじゃろ。記念、記念」背を向けてかわしながらサルが訊（き）く。「これからどうするんよ？　マジメな女子大生に戻るんか」

美月は手を下ろして「パンティでも売ろうかな」とみんなを見る。

「……」高松が頬を赤らめて下を向く。

「冗談よ。今度は自分でこの渋谷のファッションを発信しようかと思って。小さいけどお店を開くんだ」

「おー」堀井が拍手する。メンバーたちもそれに続く。

「大学は確か……」と小山。

「りゅ、留学する。せ、世界を見てくる。ネットの広大な世界もいいけど、チ、チーム・AKKAでいろいろやってきて、な、生身の人間のすごさがわかったし。向こうの研究所で、が、がんばってみる」

今度は美月が拍手の先陣をきった。

高松は側頭部を搔(か)きながら小山を窺(うかが)った。「やっぱり堀井先輩と？」

「いいや。僕もそろそろ自分の道を歩いてみるよ。僕はね、マルクスの唱えた共産主義はネット社会でこそ実現すると前々から思ってきたんだ。あらゆるものがオープン化されれば誰もが豊かさを享受(きょうじゅ)できる」

「サ、サヨクじゃない左翼思想」と高松。

「ああ、ブログとかいろんなかたちでネット社会がどうなっていくのか、どうあるべきなのか発信していこうと思う」

拍手しながらサルがおもねるようにこちらを見る。

「へ、へ、へ、わしの報酬も、そろそろ」

「東大にでも行くか？」

サルの表情が固まった。「な、なんで、わしが東大に」

「僕が勉強を教えてやる。合格さえすれば通う必要はない。東大は日本で唯一(ゆいいつ)中退でも価値が認められるんだ。エスタブリッシュメントほど得体の知れないものを排除したがるだろ。東大に入ったという事実さえあれば、おまえの能力とセンスを生かす場は無限に拡がる。一生遊んで暮らすためのパスポートだと思ってがんばれ」

「おさるさん、私と一緒に勉強だね」由里子が満面の笑みを浮かべる。

口をパクつかせているサルを無視して美月が言う。「健史さんは……」

堀井はメンバーひとりひとりを見つめる。

「3年後だ」

「3年後？」美月が聞き返す。

「ああ、もう一度戦争だ。サルに勉強を教えながら、その準備でもしているさ」

「鮫のおっさんか？」サルがわれに返った。

うなずいた。

「そ、そんときは」高松が言う。「ぼ、ぼ、僕をまた呼んで」

「わしもじゃろ」とサル。

「待ってる」と美月。

小山はにこにこしている。口に出すまでもないということだろう。

「じゃあ、行くね」

美月が背を向けて歩き出す。

高松は無言でぺこりと頭を下げ、美月と逆方向に踏み出した。

「楽しかったなあ。堀井くんとの時間はほんと充実していたよ」小山が差し出した手を堀井はがっちり握りしめた。

小山は鼻先を一度擦ると「また」とだけ言って、バッグを肩に担いだ。背中越しに手を振りながら遠ざかっていく。

「わしも行くとするか。どうせ、またすぐに会うんじゃろう。悲しいもないわ」サルがぼやく。

由里子と顔を見合わせながら笑いを堪える。

トボトボと進むサルの背中が小さくなっていく。

由里子が肩の高さで拳をつくる。「みんな行っちゃったけど、またチーム・AKKAは復活するんだよね。そのときは私も頑張るからね」

うなずいて空を見上げた。太陽のまぶしさに目がくらんだ。

渋谷。その名のとおり、谷間にある。駅のあたりが谷底に位置するため、ホームに滑り込む地下鉄銀座線の車両は地上に剝き出しになる。

堀井はメンバーたちが立ち去った先をぐるりと見渡した。

彼らは坂を登って、このすり鉢状の谷底から出ていったのだ。

次に再会するとすれば、その場所は「谷」ではなく「丘」になるはずだった。

東に顔を向ける。立ち昇る排気ガスで見えないが、そこには巨大な高層ビルが建つ予定になっていた。

六本木ヒルズ――。それが新しいインテリジェントビルの名前だった。

この数年、ネットという新しい「世界」は、谷底にガリンペイロのごとき者たちを引き寄せた。

いや、彼らはおたまじゃくしであった。

谷底の水溜まりで孵化したおたまじゃくしだ。彼らはそこであがき、もがき、戦った。底から這い上がろうとする者の足を引っ張り、引きずり下ろした。ときには捕食昆虫に喰われ、体液を丸ごと吸われてきた。そういうサバイバルをこの街でしてきたのだ。

そしていま、水が干上がる前にカエルへと変態した者たちは、谷を出て、今度は丘へ登っていく。高い丘の頂上を目指すことになる。

カエルになった彼らは丘を登ってくる者を、蹴落とし、叩き落とし、突き落とす。

これからは、そういう戦いがはじまるのだ。

堀井は指を拳銃に見立て、東に照準を合わせる。

「ロックオン」

ビットバレーから、六本木ヒルズへ。出来たばかりの拝金の塔が、次の戦場となる。戦いはいま、この瞬間からはじまる。

「ロックオン・ヒルズ」そうつぶやき、人差し指で撃ち抜く。

ふと横を見る。由里子がキョトンとしていた。

「何してるの？　お兄ちゃん。子どもみたいだよ」

そう言って笑いかけてきた。

本作品は書下ろしです。

なお、本作品はフィクションであり、
実在の個人・団体などとは関係がありません。

# あとがき

お待たせしました。僕の2作目となる小説をお届けします。

なぜ、小説を書くのか？

前作『拝金』を出版して以来、繰り返し、この質問を受けた。

答えは単純です。

「物語」でしか伝えられない「情報」があって、それをみんなに伝えるために僕が選べる手法は小説だけだったから。僕には漫画を描く能力はないし、映画も撮れないからね。

前作『拝金』では「欲望を突き抜ける」という感覚がひとつのテーマだった。欲にまみれて浸りきっていると、欲望を突き抜ける、そんな瞬間がくる。でも、いくら言葉で説明したところで、その感覚自体を理解してもらうのは難しい。そこで僕が感じたことを物語として追体験してもらおうと考えたわけです。

本作『成金』にも当然、みんなに伝えたい情報がある。

タイトルの「成金」とは、成金趣味とかいったネガティブなニュアンスではなく、将棋の歩が金将に成るという本来の意味に基づいている。

前に進まなければ、歩は歩のまま。でも前進して敵陣に突っ込めば、金将に成る。一番弱かった駒が王将を倒す力を獲得するのだ。

本作は１９９０年代半ばから２０００年前後までのＩＴ勃興期を舞台にしている。そこで活躍していた人たちはみんな成金を夢見ていた。彼らはいわば「坂の上の雲」を目指し、全力で坂道を突き進んでいたのだ。

司馬遼太郎の小説『坂の上の雲』の舞台になっている明治時代から、『坂の上の雲』が発表された１９７０年前後の高度経済成長期までは、誰もが一等国という名の雲を目指し、がむしゃらになれた。

でもね、そうした時代が過ぎても少し視点をずらせば、自分の視界に雲なんていくらでも飛び込んでくる。僕にとってそれは、無限の可能性を感じさせるＩＴだった。

90年代半ばから２０００年前後のＩＴ業界の熱気はすさまじかった。やったもん勝ちというより、やらないもん負け。とにかく誰もが高みを目指して突き進んでいた。それ以外の選択肢などない、そんな感じだった。ライバルは自分が行ったことのない国の、名も知らぬ小さな街の、小さな会社にいる。――本当にエキサイティングだった。

僕が本作で伝えたかった情報というのは、そうして坂を全力で駆け上がっていた人たちの息づかいだ。ぜいぜいと息を切らし、滝のような汗を流しながら前進する人間たちの、あさましくもかっこいい姿をみんなに知ってほしかった。

本作は前作同様、僕の実体験に根ざしている。でも、出てくる内容は事実ではない。だからといって嘘だと言うつもりもない。ここには事実の先にある真実が描かれているからだ。ＩＴを武器に成金を夢見た人たちの、表立っては口にできない赤裸々な本音――。それをどう受け取るかはみなさん次第です。

２０１１年。ゼロ年代も終わり、いまやインターネットはすっかり日常に溶け込んでいる。そんな「今」を創造した人たちの素顔を楽しんでもらえると嬉しいです。そして願わくば、彼らの命の熱量があなたに届きますように。

さて、本作『成金』は前作『拝金』から時代を遡った物語だ。『拝金』ではスピード感、疾走感、わかりやすさを重視すべく、あえてストーリーの一部をはしょった。本作はその裏側を明かす、という趣向にもなっている。『拝金』で主人公・藤田優作のメンター（師匠）として暗躍したオッサンこと堀井健史が、いかにして「オッサン」になったのか。藤田優作の知らないところで何が起こっていたのか。そのあたりのカラクリも楽しんでほしい。『成金』を読んでから、もう一度『拝金』を読み返してもらえると、また違ったおもしろさがあると思う。

もちろん本作は本作として独立しているので、『拝金』を読んでいるいないにかかわらず楽しめます。いや、『成金』を読んでから初めて『拝金』を読んでもらったほうが楽しめるかも……。まあ、とにかく騙されたと思ってページを捲ってみてください。かなりの自信作です。

前作に続き、本作の表紙カバーイラストも漫画家の佐藤秀峰さんに手がけてもらいました。佐藤さんはこのイラストの制作過程をユーストリームで公開したので、僕はカバーが出来上がる前に絵柄を知ることができました。また佐藤さんは前作のイラストをヤフー・オークションに出品、高額で落札された模様です。

ひと昔前ならありえないようなことが、ITによって当たり前になっているわけです。いま巷には、政治や経済をはじめ暗いニュースがあふれているけど、実は僕たちは、新しくておもしろい時代の真っ只中にいる。ありえないことなど「ありえない」、そんな世界で生きているということを忘れないでください。

誰だってその気になれば、坂の上の雲を見つけることができます。そしてそれは、あなたを輝かせるのだ。そんな思いを込めてこの小説を発信します。

2011年1月7日　タイ王国　バンコク某所より

堀江貴文

堀江貴文（ほりえ・たかふみ）

1972年、福岡県生まれ。実業家、ライブドア元社長。
著書に『徹底抗戦』『新・資本論』『稼げる 超ソーシャルフィルタリング』『拝金』『君がオヤジになる前に』など。

公式ブログ「六本木で働いていた元社長のアメブロ」
http://ameblo.jp/takapon-jp/

公式メールマガジン「堀江貴文のブログでは言えない話」
http://www.mag2.com/m/0001092981.html

# 成金

2011年2月28日　初刷

---

著　者　堀江貴文

---

発行者　岩渕　徹
発行所　株式会社徳間書店
〒105-8055　東京都港区芝大門2-2-1
電話　03-5403-4349（編集）048-451-5960（販売）
振替　00140-0-44392

---

本文印刷　大日本法令印刷株式会社
カバー印刷　真生印刷株式会社
製　本　ナショナル製本協同組合

---



ISBN978-4-19-863096-6